ノエラ
ビビ
エジル

CHARACTER
ミナ
レイジ

CONTENTS

チート薬師のスローライフ7

～異世界に作ろうドラッグストア～

ケンノジ

BRAVENOVEL
ブレイブ文庫

1　滑らなくなっただけで

　いつものようにのんびりと営業をしていると、見るからに冒険者らしき男の人がやってきた。

「こんにちは。錬金術で作る薬というのはここで買えるのかな」

「ええっと……」

　あまり見ない人だ。

　たぶん、どこからかキリオドラッグの噂を聞きつけてやってきたんだろう。

　冒険者の強さみたいなものはわからないけど、かなり使い込まれている剣が腰にあり、防具も同じく使い込まれている。

　でも手入れがよくされているのか、ボロボロっていうふうには見えない。

　やり手の四〇代って感じの精悍《せいかん》な冒険者だった。

「錬金術ではないんですけどね」

　苦笑しながら応えると、話し声でカウンターで居眠りをしていたノエラが目を覚ました。

「あるじ、お客、来た？」

「今接客中」

　もふりもふり、と頭を撫でているとまたノエラが目をつむった。

「獣人の娘……」

「人狼らしいです。一応」

ノエラからすると大違いらしいので、訂正をしておいた。

正直おれからすると、大差がないように思うけど、ここらへんはちょっとしたプライドがあるらしいので、間違うとうるさい。

「今日は何をお求めですか？」

「ああ。いつもポーションを使わせてもらっててね。アレはすごい。非常に助かっている」

「ありがとうございます」

「そんな錬金術師殿に、折り入って相談があるのだが……」

改まった様子で話しはじめるので、おれは冒険者のおじさんに椅子をすすめた。

「あの、錬金術師じゃなくて薬師ですからね」

よく間違えられるので訂正をしておく。

おじさんが席に着くと、話し声で来客がわかったミナがお茶を運んできてくれた。

「ありがとう、ミナ」

「いえいえ。ごゆっくりどうぞ」

笑顔で会釈をしたミナが店から去っていく。

「それで、相談というのは」

「実は、この剣……」

おじさんはペシペシ、と愛剣の鞘を叩く。

「最近、手に馴染まなくて困っている」

……それ、相談するのここでいい？

「錬金術師殿に、どうにかしてもらいたいのだ」

「ここじゃなくて、武器屋さんに行ったほうがいいと思いますよ？」

渋面になったおじさんは首を振る。

「ダメだ。やつらは武器を売ることしか考えておらん。私は、この剣を使いたいのだ」

あー……なるほど。

愛用しているから武器を変えたいわけじゃない、と。

「見せていただけますか？」

「うむ」

鞘ごと剣を引き抜くと、カウンターに置いた。

鞘には細かい意匠が施されていて、素人のおれにもいい剣なんだとわかる。

「抜いてもいいですか？」

「構わん」

柄を手に取って剣を引き抜く。

ぎらりと輝く刀身は、よく手入れされているようだ。

たしかに、ぱっと見は全然使える。

愛着があるのなら、買い替える必要もないように見える。

「手に馴染まないんでしたっけ？」

「ああ。以前はそんなことはなかったのだが」

剣は長年使われていて、柄を握った限り滑りやすい印象もない。

もう一度ぎゅっと握ってみるけど、やっぱり馴染まないという意味がおれにはわからなかった。

「どう違うんですか？」

「細かいかもしれないが、上手く力が伝わらないのだ。以前は一刀両断できた木が、今はできない」

「へぇ」

って、すげーな！　軽く流しちゃったけど。

腕が鈍ったんじゃや、なんて言えないし……。

おじさんの雰囲気からしてそういう気配も感じない。

「刀身はそのままで柄を変えたこともあったが……」

状況は改善しないらしく、おじさんは首を振る。

「あ。もしかして――」

ひとつ閃いた。

「ちょっとだけ、手を見せてもらえますか？」

「？　ああ」

おじさんの両手を見せてもらい、少し触る。

ゴツっとした手で、長年剣を振り続けていたせいか、タコがいくつもあった。

「やっぱりアレかも」

「アレ……？」

「ちょっと待っててください」

おれはそう言い残して、店をあとにした。

手を触った感じ、たぶん原因はアレだと思う。

創薬室に入り、スキルに従って素材を揃え、創薬を開始する。

おれの予想が正しければ、これで解決するはずだ。

【ノンスリッパー：摩擦効果のあるジェル。速乾性が高くベタつかない】

新薬完成だ。

試しに自分の手に塗ってみると、ジェルはすぐに乾いた。

何かないかな。

あたりを見回すと、手元にあったすりこぎ棒とすり鉢が目に入る。

すりこぎ棒を持ち、すり鉢を手で固定してごりごり、と動かしてみた。

「あ」

全然違う。

使っている力がきちんとすりこぎ棒に伝わっているのがわかる。

それくらい手が滑らない。

よし。これならあのおじさんの悩みも解決するはずだ。

おれは新薬を手に、店へと戻った。

「これ、試しに作ってみたんですが、どうでしょう」

「これは？」

「いわゆる滑り止めです」

「滑り止め……」

「はい。手が乾燥しているので、以前に比べて柄が手に馴染まないと感じるようになったのかもしれません」

乾燥だから湿気が多少あれば解決するんだろうけど、冒険の最中に手を頻繁に濡らすなんて面倒だろうし、いざ戦うときに乾いてしまっていれば意味がない。

「乾燥……そうなのか」

「手の潤いは、加齢によって減っていきますから、もしかするとそれが原因なんじゃないかと思ったんです」

おれは【ノンスリッパー】をおじさんの手に垂らす。

手を洗うように液体を馴染ませると、すぐに乾いた。

「これでいいのか？」

「はい」

半信半疑といった様子のおじさんを外に連れていき、試しに素振りをしてもらうことにした。

「振らずともわかるぞ、錬金術師殿」

「え？」

「柄を握ったときのこのフィット感……ここ最近にはなかったものだ」

よかった。効果は十分あったみたいだ。

「ゆくぞ……」

うん。風貌からして「いくぞ」じゃなくて「ゆくぞ」だもんな。うんうん。

すう、と息を吸い込んだおじさん。

「チェリャ――ッ！」

気合いを発すると同時に一歩踏み出し剣を鋭く振り抜いた。

ズバン、と空間が割けたような凄まじい音がすると、剣を振った方向に半円状の空気の塊みたいなものが出た。


なんか出た。

なんか出たんですけど!?

それは数メートル進みながら周囲の草を切り刻んで消えていった。

な……何あれ。

おじさんは、嬉しそうな懐かしそうな目で手元の剣を見つめている。

「風烈斬《スラッシュ》……これができたのは数年ぶりだな」

す、スラッシュ……!?

わ、技だったのか。

「ヌエイッ」

返す刀で切り上げると、また空気の塊のようなものが飛んでいき、ザザザザザン、と周囲の草木を切り刻んだ。

「え。カッコよ……」

「錬金術師殿のおかげで、もうできないと思った風烈斬《スラッシュ》がまたできるようになった。ありがとう」

がしっと握手をしてくるおじさん。

「あれ、何なんですか。風烈斬《スラッシュ》って……」

「私が極めた剣技の一種だ。凝縮した剣圧を前方に放つのだ」

「それが、風烈斬《スラッシュ》……」

かっけー……。やっぱこのおじさん、ただ者じゃなかった。

「感謝の印として、これを受け取ってほしい」

革袋をずいっとおれに押しつけてくるおじさん。

「いやいや、試作品なんでお代は大丈夫ですから」

珍しい剣技を見せてもらえたから、お代はそれで十分だ。

「私が冒険の先で見つけた珍品だ。薬作りの素材になるかもしれん。私が持っていても正直使い道がないのだ。錬金術師殿に持っていてほしい」

「じゃあ……それなら」

そこまで言うのなら、とおれは革袋を受け取った。

おじさんが言ったように、中には乾燥した花びら、草、木の根などここらへんではまず見つからないような素材だった。

「また何かあったらいらしてください」

「うむ。そうさせてもらおう。錬金術師殿も、困ったときは私を頼ってほしい。できることがあれば手を貸そう」

おじさんは、指笛を鳴らす。

すると、乗ってきていたらしい馬がパカパカと走ってやってくる。

立派な体格のなかなか見ない黒馬だった。

「薬師のレイジと言います」

「私はフィオラ・ガロン。巷では、剣聖のガロンとも呼ばれている。――ではな」

おじさん……もといガロンさんは馬にひらりと乗って去っていった。

「剣聖……。え、カッコよ……」

マジでただ者じゃなかったらしい。

店に戻ると、一部始終を見ていたノエラが、棒きれを持って「フッ。ハッ」と素振りをしていた。

わかる。わかるぞ、ノエラ。

おれも、風烈斬《スラッシュ》ができるような男になりたかった。

ガロンさん、また来ないかな。

2　強くなりたい

借り物の畑に植えた薬草の世話をして、一段落したのでおれはひと息ついた。

一緒に来たノエラがどこにいるのかあたりを見回すと、離れた場所にいるノエラはダンゴムシで遊んでいた。

おれも昔ダンゴムシで遊んだような気がする。

ノエラは虫が苦手だったはずだけど、ダンゴムシは大丈夫らしい。

「エイ、オウ、エイ、オウ」

かけ声がする原っぱのほうを見てみると、赤猫団の団員たちがランニングをしていた。

町の警備を任されている傭兵団だけあって、ああして日々鍛えているようだ。

団長のアナベルさんを先頭にむさ苦しい……じゃなくて、屈強な男たちがあとに続く。

その最後尾。

見かけない男の子がいた。

「遅れてんぞ！」

アナベルさんが声を上げると、その男子は「ひゃい」と変な返事をして、ひいこら言いながらどうにかついていっている。

「あるじ、ピール。傭兵団入った」

「ピール？」

「そ。ピール。靴屋の息子」

ああ……どうりで傭兵団では見かけなかったわけだ。

薬草に水をやり、草抜きをして、不足分をいくつか摘んで、おれたちは畑をあとにする。

訓練中の傭兵団たちは、今は筋トレ中。

大変だなぁ。

あれも仕事のうちなんだもんな。

「それに比べて、おれはなんてスローな毎日を送ってるんだ」

「あるじ。スロー違う。あるじ、偉い。ポーション作る。あるじだけ」

卑屈になったと思ったのか、ノエラがおれを褒めてくれる。

「ありがとう、ノエラ」

「るっ♪」

そばを通りがかったときに、傭兵団の団員たちが挨拶をしてくる。

「「「薬神様、チィス！」」」

「いや、薬神じゃないんで。その呼び方やめてください」

困っていると、アナベルさんも声をかけてきた。

「今日は畑かい？」

「はい。店は今ミナに任せているんで」

ちらりとそのピールを見ると、ぐったりしている。

「ピール、まだまだメニュー残ってるぞ」

先輩団員たちに追い立てられるようにして、ピールは筋トレを再開した。

「あいつ、何を思ったか、ウチに入りてえってこの前から来てんだ」

アナベルさんが教えてくれた。

「立派ですね。こんなキツい思いをしても頑張るなんて」

「あいつの気持ちはわかるが、ひょろっちいから現場に立たせるのはまだまだ無理だろうな」

ううん、と困ったように頭をかくアナベルさん。

「靴屋の息子なら、家を継げばそれでいいじゃねえか。わざわざこんなことしなくったってよ」

「ピール、靴作る、嫌、言ってた」

顔見知りらしいノエラが言った。

「はぁー。贅沢なガキだね、ほんとに」

傭兵団には身よりのない人が多いんだろう。

「レイジの兄貴！」

副団長のドズさんが手を振っていたので、おれも振り返す。

「兄貴も筋トレしましょうぜ！」

めちゃくちゃいい笑顔だったので、おれもいい笑顔を返した。

「やめておきまーす」

おれも絶対ピールみたいになる自信がある。

その彼は、メニューをどうにかこなしたらしく、大の字になっていた。

「終わったみてえだし、アタシらはこのへんで帰るよ」

「はい」

撤収する傭兵団だけど、ピールだけは寝そべったまま、ぜえはあ、と息を整えている。

てくてく、とノエラが近づき、持ってきていた水筒を差し出した。

「やる。飲め」

「あ。君は……薬屋のところの狼ちゃん」

ありがとう、と水筒を手にしてグビグビと水を飲んだ。

「大変だね。傭兵団は」

おれが声をかけると、

「薬屋さん、こんにちは」

と、挨拶をしてくれた。

「ちょっと前から入れさせてもらったんですけど、体が全然ついていかなくて」

あはは、とピールは苦笑いをする。

アナベルさんが言ったように、ピールは細身の体型をしている。

お世辞にも戦いに適正があるようには思えない。

「どうして傭兵団に入ろうって思ったの？」

「それは……強くなりたいから、ですかね」

フッ、と憂鬱《ゆううつ》げな眼差しをして顔をそらした。

こ、この反応は……もしや……。

あの病気にかかってるんじゃ……？

「そ、そうなんだ」

「ええ。傭兵団の誰もが対処できないような魔物が町を襲ってくるとき、オレが守るんです、町を」

……ああ……これは……。

察してしまった。

男子の誰もが通る道というか、なんというか……。

おれも妄想した経験がゼロってわけじゃない。

普段冴えない自分が非常時に大活躍しちゃうっていう妄想。

中学生の頃はよくやりましたとも。ええ……。

おれが遠い目をしていると、

「でも、ほぼ毎日だから、体の疲れもなかなか取れなくて……筋肉痛もひどくて……」

ため息交じりにピールは嘆く。

現実と理想の違いってやつだな。

つん、とノエラがピールの肩のあたりを突いた。

「あでで⁉」

それだけで激痛が走るほどの筋肉痛だったらしい。

「ピール、弱っちい。ノエラのほうが、強い」

「そうかもだけど、煽らないの」

ノエラにチョップをしておく。

「薬屋さん……オレ……」

唇を噛みしめて、深刻そうな顔をするピール。

「オレ、強くなりたいです」

「言う相手間違ってるよ？」

ぶんぶん、とピールくんは首を振った。

「間違ってません！　強くなる薬、あったんですよね⁉」

あー【ストレンスアップ】のことだな？

「あれは一時的なものだから、ずっと強くなれるってわけじゃないよ」

ゲームっぽく言うと、物理攻撃力を上げることができる、いわばドーピングみたいな薬だった。

「それに、元が大したことないんなら、飲んだとしても、大して強くなれないと思うし」

「えぇ～。じゃあ、オレはどうやったら楽して強くなれるって言うんですかぁ～」

めちゃくちゃ不服そうだった。

それが本音だな？

地道な筋トレとか、嫌だったんだろうなぁ。

「我がまま、言うな。あるじ困らせる、ダメ！」

ブッブーとノエラが両腕でバツマークを作る。

「このままじゃ、オレ、ただのお荷物小僧です……」

「しょうがないな」

「強くなる薬、作ってくれるんですね!?」

ぐいっと顔を寄せてくるので、おれはそれを手でガードして押し戻した。

「強くなれるかどうかはピール次第だよ。でも、まあ、その手助けくらいはできるかもしれない」

「ありがとうございます、薬屋さん！」

新薬を作ることを約束すると、ピールは筋肉痛に呻きながら、重そうな体を引きずるように去っていった。

強くなるためとはいえ、本当にキツいんだろうな。訓練。

「帰ろうか」

「るっ」

こうして、おれとノエラは店に帰った。

「おかえりなさい〜」

ミナが店で出迎えてくれると、おれはすぐに創薬室に入った。

思春期男子なら誰もが考える、「もしオレが強ければ」っていう妄想。

おれもそんな時期がなかったわけじゃないから、ちょっと助けてあげたいなと思った。

ていっても、すぐに強くなるような薬は作れ……るみたいだ。創薬スキルによると。

けど、ちょっとヤバそうな薬なのでこれは作らないでおこう。

おれの考えたことに対してすぐに創薬スキルは反応してくれる。

材料や作り方を教えてくれるけど、たまに色んな意味でヤバい薬の作り方も教えてくるので、ときどき困る。

……おれが悪人だったら作りまくってボロ儲けしてるだろうな。

今回の薬は、この前ガロンさんにもらった素材が役立つので、それを使いながら【冷却ジェル】をかけ合わせて作った。

【マッスルアイシング：患部を急激に冷やすことで筋肉の痛みや疲労感を軽減する効果がある】

「これなら、手助けにはなるかな」

瓶の中にある新薬が独特なにおいを放っている。

ツンとするような、くさくはないけど癖があるって感じだった。

ああ、これ、何かと思ったら湿布か！

なるほど、そりゃたしかに独特なにおいがするわ。

指先に【マッスルアイシング】をつけて腕に塗ってみる。

「お、おぉぉ。めちゃくちゃ冷える！」

氷よりも冷たく感じるのは気のせいか？

スーっとした感じもあるせいか余計に冷たい。

ノエラがこっそりこっちを覗いている。

「あるじ。くさい、作るダメ」

ノエラは鼻をつまんでいた。

「今度は無臭タイプ作るから今日は勘弁してくれ」

るう、と複雑そうな顔をするノエラは、それならいいかとでも言いたそうにうなずいて去っていった。

「さて。これを筋肉痛に苦しむピールのところに持っていこう」

再び店を出ていき、ピールがいるであろう傭兵団の兵舎へと向かう。

こちらもうちほどではないにせよ町外れにあり、今は格闘術の訓練中だった。

二人一組になって屈強な団員たちが組み合って、投げ飛ばしたり投げ飛ばされたりしている。

ピールは大丈夫なのか……？

心配になってその姿を探してみると、隅で体育座りをしていた。

……もう、体育を見学している生徒にしか見えない。

「薬屋、また来たのかい」

アナベルさんは監督役なのか、剣に見立てた竹の棒を持っている。

竹刀みたいにしてバシバシ地面を叩いているのを何回か見たことがあった。

「ピールに、ちょっと」

「声かけてやってくれよ。あいつ、この何日かでもう心が折れそうになってってから」

あぁ……。

そりゃそうか。でないとあんなふうに体育座りなんてしないだろうし。

「アナベルさんは、きちんと見てますね」

「あぁ？　そりゃ、新入りだろうが何だろうが部下だからな」

アナベルさんが団員たちに慕われる理由がわかった気がした。

おれはヘコんでいるピールのところに行き、後ろから声をかけた。

「お待たせ。できたよ」

「あ、薬屋さん！　もうできたんですか！」

「うん。これを使えば、多少楽になるはずだから」

「これが……？　オレを、強くする……!?」

手に取った【マッスルアイシング】をしげしげと見つめた。

「いや、何回も言うけど塗った程度じゃ強くならないから」

楽して強くなることに関しては貪欲だな、本当に。

「じゃあ、どんな薬なんです？」

「今、筋肉痛がやばいでしょ」

「はい……連日のトレーニングで、もうバキバキで……」

やっぱりそうか。

「本当は立ち上がるのも無理なんです……」

「筋肉痛はそんな難病じゃないから」

今日実際立って歩いていたし。自分に大して過保護というか、過剰というか……過大評価しているというか……。

「塗ると、患部が冷え冷えになって筋肉の疲労感が和らぐよ」

「えぇ〜。それだけぇ〜？」

めちゃくちゃ不満そうだった。

「使わないでも問題ないなら、これは返してもらおうかな」

ぱっとおれは瓶を奪った。

「そ、そんなこと言ってないじゃないですかっ。使います。使わせてください！」

うむ。とおれは大きくうなずいて、必殺技を伝授する老師のような顔で【マッスルアイシング】を渡した。

「おぬしが強くなるという気持ちがなければ、薬もただの痛みを和らげるものでしかない」

「はい」

「人とは、気持ちひとつで強くもなり、弱くもなる」

「はい、先生」

師匠と弟子ごっこをしていると、団員の一人がピールを呼んだ。

「おーい、ピール。そろそろどうだ？　投げられっぱなしじゃ悔しいだろ？」

「ちょっと待ってください。すぐ行きます！」

そう返事をして、ピールは瓶の【マッスルアイシング】を体中に塗りたくった。

「こ、これは――!?　体が、冷たい……!?」

「めちゃくちゃ冷たいでしょ」

「はい。背中をお願いします」

しょうがないな、とおれは指先に【マッスルアイシング】をつけて背中に塗ってあげた。

「さっきと全然違います！　疲れて動かしにくかった筋肉がシャープに動いてくれているような……そんな気が！」

新しい力を入れた能力者のように、ピールは両手を開いたり握ったりしている。

なんら強くなってないっていうのは、最後に念を押しておく必要がありそうだ。

「気をつけてね。マジで一ミリも強くなってないから」

「フ……。じゃあ、行ってきます」

大丈夫かな……。あんなカッコつけたスカした笑い方してると心配しかない。

立ち上がったピールは「お願いしますっ！」と声を上げて先輩団員と組み手をはじめる。

「これが――風になるということ――ッ！」

めちゃくちゃ恥ずかしいセリフを吐いていた。

うわぁ。見てられない。おれのほうが体がむずがゆくなる。

「先輩、あなたが見ているのは、オレの残像――！」

中二病大爆発だ！

新しい力を手に入れたと勘違いしまくってる！

「そこぉぉぉぉ！」

隙？　を突いたピールが先輩団員を投げ飛ばそうと掴みかかる。

「おおぉぉぉぉぉぉおおお！」

ロボットアニメでしか聞かないような雄叫びを上げた。

……そう。

人は、気持ちひとつで強くもなるし弱くもなる。

行け、ピール！

おれも応援をしていると、ガシっと組み合った。

ポイ。

ドシンッ。

「ぐはっ……」

ピール、秒で投げ飛ばされていた。

背中から落ちたせいで、ひいひい言いながら空を見つめている。

「これが、敗北……か……」

ずっとそうだったろ。

はじめて負けた、みたいな清々しい顔がなんでできるんだよ。

「おい、ピール。ちゃんと受け身取らねえと危ねえぞ」

「名前を、聞かせてください……オレに敗北を教えた、あなたの名前を」

主人公に負けた強キャラムーブ今すぐやめろ。

中二病がしたいのか強キャラがしたいのかブレてるんだよ。

「ほら。しょーもないこと言ってねえで立て。団長が見てんぞ？」

「うっ……アナベル団長」

シャン、とピールが背を正した。

なるほど……。

アナベルさんにはいいところを見せたい、と。でもみっともないところばっかり見せているから、これ以上そんな姿を見せたくないってところか。

それがあの体育座りに繋がったようだ。

「オラ、行くぞピール」

「は、はぃぃぃぃ」

強くなる薬じゃないって、何度も言ったのに。

「ぐへっ」

また投げられたピールは、もう泣きそうだった。

体を張る仕事っていうのは、こういう訓練が自分を守ることに繋がる。先輩も決して意地悪でやっているわけじゃない。

「さっきはヘコんでて心折れそうだったけど、あれであいつ、結構根性あんだよ」

見守っていたアナベルさんがぼそっと言った。

「そうなんですか？」

「弱っちいけどな」

シシシ、と笑うアナベルさん。

「よそもんのアタシらじゃなくてさ。町出身の団員がいてもいいんじゃねえかと思うんだ。そんなやつがいたほうが、町の連中だって安心できるだろうし」

カルタの町出身のピールを入団させたのは、そういう部分もあったらしい。

「そんなことないですよ」

と、おれは否定する。

「赤猫団の活動は、町の人みんなが知ってます。不安に思う人はいませんよ」

「だといいけどな」

皮肉そうにアナベルさんは笑う。

「オッラァ！」

「ひぎゃ!?」

ピールがまた先輩団員に投げ飛ばされた。

アナベルさんが言ったように、逃げ出すような素振りは見せないピールは、根性があるのかもしれない。

真剣なピールの横顔を見ていると、どれだけダメでも応援したくなってしまう。

また明日にでも【マッスルアイシング】を届けてあげよう。

3　市場調査と凝り

「レーくん、もうちょっと下……」

「注文が多いな」

「だって、他に頼める人いないんだからいいじゃん、そんくらいさ。ウチとレーくんの仲じゃん」

どんな仲だよ。

ぐにぐに、とポーラの肩を揉みながら、おれはため息をつく。

「あぁ〜。いい〜っ」

クリティカルヒットしたらしいツボを重点的に押していった。

「変な声出すなよ」

視線を感じて後ろを振り向くと、ミナとノエラがこっちを不審そうにじっと見つめていた。

「レーくん、手が止まってるよ」

「はいはい。わかったよ」

ツボをぐいっと押し込んでやる。

「んんんんふぅ〜っ」

気持ちよさそうに悶絶するポーラ。

こいつ、わざとやってるな？

また視線を感じたので振り返った。

「ノエラさん、これ以上はダメです」

「る？」

さっとミナがノエラに目隠しをした。

いやらしいことをしているみたいな反応だった。

「そっちからは見えないかもだけど、肩揉んでるだけだからな？」

「あ。そうだったんですか。わたしてっきり、ポーラさんのおかしなところを触っているのかと……」

あはは、とミナは誤魔化すように笑う。

やっぱ変な勘違いしてたな。

「レーくん、やめないでぇ～」

「そうやって誤解させるようなことを言うから」

恥ずかしそうにミナが叫んだ。

「い、いやらしいことはダメですよ、レイジさんっ」

「だから違うって！」

ミナの目隠しを外したノエラが、こっちへやってきた。

「あるじ。ノエラも肩揉む」

凝ってるわけじゃないんだけど、そう言ってくれるならお言葉に甘えよう。

「え？　いいの？」

「ノエラ、あるじ、いたわる」

マジかよ。成長に涙が出そうだ。

「じゃ、頼む」

「る。任せろ」

ここらへんな、ここらへん、とだいたいの場所を触ってノエラに教えてあげる。

「るっ！」

グリッ――――！

グリグリグリグリグリグリグリグリグリ。

「いでででで!?　力強っ!?」

「人狼、力強い。あるじ、忘れる、ダメ」

声しか聞こえないけどドヤ顔をしてるのが目に浮かぶ。

「痛い、痛い。ノエラ、ストーップ」

手を離してくれなさそうなので、おれは手をつかんで強制終了させた。

「気持ちいい、違う？」

ポーラと違って、わざとやってるわけじゃないから余計に困る。

「肩揉みってやつは、力加減も大事なんだよ」

「るう……難しい……」

へにょん、とノエラの耳が垂れた。可愛いのでとりあえず撫でておく。

「ノエラちゃん、気持ちよぉ〜くしてあげるには、優しく、ときには激しくしてあげるのがいいんだよ」

ポーラがそれっぽいことを教えている。

けど、ポーラが肩揉んでるところを見たことないんだよなぁ。

「お、おほん……。レイジさん、わたしもお願いしちゃってもいいですか？」

肩が凝っているのか、ミナもこっちへやってきてポーラと席を代わった。

「しょうがないな」

「じゃ、レーくんにはウチがやったげる」

「ポーラには、ノエラ、やる」

ふんす、と再チャレンジしようとするノエラに、ポーラが笑顔で首を振った。

「ノエラちゃんは大丈夫。しなくても」

「るう？」

きょとんとするノエラが首をかしげた。

ポーラめ、人狼パワーから逃げたな？

ミナの肩を揉みはじめると、肩や首の根本や肩甲骨のあたりが鉄板でも入ってるのかってくらい硬い。

「ミナ、めちゃくちゃ凝ってるな」

「はい。お恥ずかしながら……」

何が恥ずかしいんだ？

ミナは店の手伝いをしてくれるし、家事全般も任せっぱなしだ。

幽霊とはいえ実体化している時間が長いので、凝るものは凝るらしい。

ゴリゴリ、とおれは硬くなったミナの凝りを揉み解していく。

「〜〜〜」

「どう、ミナ？」

「ええっと……気持ちいい、です……」

何がそんなに恥ずかしいのか、ミナは顔を赤くしている。

「ミナ、気持ちいい？」

ノエラがなぜか確認をしている。

「はい……」

「あるじっ。ミナ、気持ちいいっ」

「さっき訊いたから確認しなくていいよ」

ミナの肩を揉むおれを、ポーラが肩揉みしている。

「レーくんは全然凝ってないね？」

「凝りってやつを感じることが少ないからなぁ」

「何それ。うらやま」

べしべし、と背中を叩かれる。

何で叩くんだよ。

「ひどいときには、頭痛とかするんだよ、レーくん」

ポーラが言うとミナも声を上げた。

「あ。あります、わたしも」

マジかよ。

肩凝りあるあるなのか……？　頭痛までしてくるって相当なんじゃ。

そういや、肩凝りは女性の悩みでよく聞く。現代にいたときから。

「……一応訊くけど、ノエラは？」

「ノエラ、凝り知らず」

ででん、とドヤ顔だった。

やっぱそうか。

実際、どれくらいの人が困ってるんだろう。

体質とかにもよるんだろうけど、たまたまミナとポーラが悩まされているってだけの可能性もなくはない。

ひとまず知り合いだけでも訊いてみよう。

ミナに店番を任せ、おれはノエラを連れて町へ繰り出すことにした。

町へやってくると、さっそくジラルとフェリスさんのカップルを発見。

デートの最中らしい。

おれが声をかけると、気軽に応じてくれた。

「二人は肩って凝ることはある？」

「俺は全然だけど」

と、言ってジラルはフェリスさんに水を向ける。

「ときどきかしら。困るってほどではないわよ」

んー？　さっそく目論みが外れた。

……待てよ。ミナとポーラは普段から家事や仕事をしている。

けど、この二人は地主とお金持ちのお嬢様。

仕事をする必要がないから、長時間同じ体勢で何かをし続けるってことがない。はず。

「ありがとう」

おれは二人にお礼を言って別の知り合いをあたることにした。

次に見かけたのはエレインだった。

この町を治める領主の一人娘で、今日は老執事のレーンさんと買い物に来ているようだ。

自慢の縦ロールをふぁさぁっと手で払い、お馴染みの挨拶をしてくる。

「ご機嫌よう、レイジ様、ノエラさん」

「はいご機嫌よう」

「ごきげんよー」

慣れているのでおれとノエラも軽く挨拶を返した。執事のレーンさんもぺこりと小さくお辞儀をしてくれた。

「エレインって……」

凝らないだろうな。フェリスさん以上のお嬢様だし貴族だし縦ロールだし。

「何ですの？」

「いや、何でもない」

「そんな言い方されると気になりますわー！　おっしゃってください！」

わかった、わかった、とおれはエレインをなだめて尋ねた。

「エレインって肩凝る？」

「凝りませんわ」

「だろうな。訊く相手を間違えた」

「ぞんざいに扱い過ぎですわー！」

じたばた地団駄を踏むエレイン。脇に控えていたレーンさんが小さく挙手した。

「私は、少々凝りますぞ。レイジ殿」

「あ。そうなんですか」

やっぱり、仕事をしているっていうのが関係しているのかもしれない。

お礼を言っておれたちはその場を去った。

働く女性の代表格的なアナベルさんを訪ねて訊いてみると、凝りっていうよりは筋疲労っぽい症状だったので、先日作った【マッスルアイシング】を渡しておく。

今度は定食屋の看板娘のレナにも訊いてみた。まだ一五、六歳くらいでまだ若いのに凝りを感じるという。

体を動かしたり鍛練をしているアナベルさんは例外として、家事を含め働いている人は凝りを感じることが多いことがわかった。

訊いた中でこれだけ困っている人がいれば、作りがいもあるってものだ。

「よし。ノエラ、帰ろうか」

聞き込みを終え、おれはノエラと店へと帰っていった。


【冷却ジェル】がそうであるみたいに、逆に温めるものだってできるはず。

創薬室に入り、ノエラを助手に新薬を開発した。

【ほぐしウォーマー：患部を温め血行を促進させることで硬くなった筋肉をほぐす】

「よし、これなら肩凝りにも効くはずだ」

「どんな薬？」

説明するより、使ってみたほうが早いだろう。

不思議そうにしているノエラの手に【ほぐしウォーマー】を塗ってみる。

「る？」

「じきにわかるよ」

「る！」

ノエラが目を見開いた。

じわじわときているらしい。

「あるじ、あったかい！」

「うん。そういう薬。これを凝ったところに塗ると、そこを温めて凝りをほぐしてくれるんだ」

おれが塗った【ほぐしウォーマー】をふーふー、と吹くノエラ。

「あるじ。熱い」

「まあ、そういうもんだから」

「火が出そう」

「つかないから大丈夫」

気になってノエラの塗った箇所を触ってみると、たしかに火が出ると勘違いしてしまいそうなほど熱い。

うっすらと白い煙が出て、ぼふっと炎のようなものが一瞬見えた。

「うぎゃぁぁぁぁあ!?」

「る――――っ!?」

おれは大慌てでばしばし、とノエラの手を叩いてすぐさま消火する。水で【ほぐしウォーマー】を洗い流しておいた。

「び、びっくりした」

「ノエラ、もう、ダメかと思った」

ノエラもビビったらしい。

効果が強すぎたんだな、たぶん。

にしても着火するとは……。

どんな威力だよ。

塗り過ぎただけかもしれないけど、念のためおれは【ほぐしウォーマー】を水で薄めて効果を軽減させることにした。

「ノエラ、改良版塗ってみる?」

ぶんぶんぶん、と激しく首を振った。

だよな。

ちょっとしたトラウマになったらしい。ごめんな、ノエラ。

「レイジさーん？　何をそんなに騒いでるんです？」

騒ぎ声を聞きつけたミナが創薬室にやってきた。

「凝りをほぐす薬を開発したんだ。けど、効果が強すぎたから調整を今してて」

「肩凝りを治すお薬ということですか!?」

ミナが目を輝かせている。

そんな待望の薬だったのか。

悩んでいたんなら言ってくれればいいものを。

「試してみる……？」

「是非っ」

前科があるからちょっと心配だな。

でも、ミナは凝っているところを指差して、「ここです、ここに」と指示を出した。

「ミナ、気をつける。イグニッションする」

「いぐにっしょん？　ですか？」

わけがわからなさそうにミナが首をかしげた。

黙ったままはよくないだろう、と一応さっきの惨劇を知らせることにした。

「さっき無調整版をノエラに使ったら煙が出て……」

「イグニッション」

とノエラが続く。

「まあ、その、一瞬だけ火が出たんだ」

「ということは……」

深刻そうな顔をするミナ。

「それだけ効果が高いということですね!?」

全然ビビらねえな。

多少火が出ても凝りをどうにかしたいっていうほうが強いのか。

ミナにとって肩凝りは、相当根深い問題だったらしい。

「水で薄めて調整したから今回はもう大丈夫なはず」

「何でもいいので、ここにください、レイジさん」

なりふり構っていられないようだ。

「よし。わかった。その覚悟、たしかに受け取った」

とんとん、と自分で叩いているミナの肩に、おれは調整した【ほぐしウォーマー】を少しだけ塗った。

「……どう？」

「…………いえ、これと言って今は何も……あ、あああ。あったかくなってきましたぁ〜」

「そ、そっか」

問題はピークにどうなるかだ。

待っていると、ミナの顔がどんどんふやけたように緩んでいく。

「何て言うんでしょう……血液が順調に巡っているようなそんな感じがします」

「イグニらない？」

ノエラが心配そうに尋ねる。

「はい。あったかいですよ。塗ったところだけお風呂に浸かっているような温かさがあります」

塗った箇所を触ってみると、さっきのノエラのときよりも温度は低い。

ミナが言った通り、風呂のお湯みたいな温かさがある。

「凝ったところはどんな感じ？」

「今はよくわかりませんけど、肩が軽くなっているような気がします。温かいのはそこだけなのに、全身がポカポカしているような感じがあります」

ミナが温泉に浸かっているみたいなふやけた顔をしている。

「よかった。これで完成だな」

ほう、とひと息をつく。

「あるじ。ノエラ、ポカポカしたい」

「どうぞ」

瓶を渡して少量指につけたノエラがミナと似たような場所に塗った。

「…………る？　るるるるる？　あるじ、あったかい！」

ポカポカがきたらしい。

「そいつはよかった」

「……ノエラ、眠い……」

目をしぱしぱさせたノエラが、ころんと横になる。

「わたしも、眠くなってきました……」

小さくあくびをしたミナもノエラの隣に寝転んだ。

「そんな効果はないんだけどな」

首をかしげている間に、二人は眠ってしまった。起こすのも可哀想なので、毛布を二枚持ってきて二人にかけておく。

気持ちよくなって眠ったんだから、薬としてはよしとしよう。

「レーくんー？　ミナちゃーん？　ウチ帰るよー？」

ミナがこっちに来たことでほったらかしだったポーラが店のほうで声を上げた。

「あ、そうだ」

そもそもポーラが事の発端。

まずポーラに試してもらえばよかったな。

【ほぐしウォーマー】の瓶を持って、おれは店のほうへ戻った。

「あ、それ新しい薬？」

「そ。肩凝りに効くんだ」

「ウチのために……レーくん……」

ポーラが感激している。

「町で訊いたら、案外困っている人が多かったんだ。それでちょっと試しに作ってみようと思って」

「マジナイス」

ぐっと親指を立ててポーラは白い歯を覗かせる。

「これを凝ってる場所に塗るんだ」

「ふむふむ」

指を浸けて、とぺとぺ、とポーラは肩に塗った。見ている限り、液体部分が残り続けることはなく、乾燥するのも早いみたいだから不快に思うこともないだろう。

「おほ。おぉぉぉぉぉおおお……。あったけぇ～。何これぇ～。やだぁ～」

効いてる。効いてる。

「凝ったところが優しくほぐされていくような……。……温泉入っているみたいにあったかいんだけど。レーくん、これ売ってよ。買うからさ」

ぺたり、とカウンターに突っ伏して寝落ち寸前って感じのポーラだった。

「試作品だからお代は要らない。持って帰っていいよ」

「うひょー。レーくんサンキュ！　いやあ、これ気持ちいい薬だぁ～」

「おい。やべえ薬作ったみたいな言い方は……」

ポーラを見ると、目蓋を閉じていた。

「……」

ね、寝てる。

早っ。

肩凝りのせいで頭痛がするって言っていたし、もしかするとそのせいでよく眠れなかったのかもしれない。

やれやれ、とおれはまた毛布を一枚持ってきて、ポーラの背中にかけておいた。

ノエラの手が一瞬火を吹いたときはどうなるかと思ったけど、どうにか完成した。


この【ほぐしウォーマー】は商品化すると、ミナの口コミによって町の主婦を中心にどんどん広まっていった。

みんな肩凝りで悩んでいたらしい。

若かったり定期的に体を動かしている人は、凝ることは少ないみたいだった。

運動をしてない、似たような体勢を続ける、年を重ねている……これらの共通点を明確にしてしまうとミナに何を言われるかわからないので、凝るのは体質ってことにして濁しておいた。

4　ビリビリ大掃除

キリオドラッグ定休日の今日。

店員総出で普段商品を載せている棚やなかなか手が行き届かない店の隅々を綺麗に掃除しようということになった。

発案者はミナで、おれは全然気にならなかったけど、細かい汚れやほこりがずっと気になっていたそうだ。

「ノエラさんは、次は雑巾であちらの棚をお願いします」

「る」

ミナが指示すると、ビシッと敬礼をしたノエラが雑巾を持って所定の場所へ向かう。

最初サボろうとしていたけど、ミナがすごんだら一瞬で言うことを聞くようになった。

「ミナちゃん、ボクは何をしたらいい？」

湖の精霊のビビが自分の持ち場が終わったらしくミナに訊いていた。

精霊だの妖精だの、正直おれには違いがわからないけど、本人曰く違うらしいので、おれが素で間違えたりわざと間違えると、必ず訂正《ツッコミ》を入れてくる。

その精霊サマは店のバイト店員でもあるので、山奥の湖から毎回通勤していた。

「ビビさんは………ええっと、休憩していてください」

指示を出すのも結構大変なんだよな。おれ以外にもノエラ、ビビ、エジルの三人がいる。

「ボク……やっぱり足手まといなの……？」

すぐネガティブになるので、ビビは面倒くさいところもある。

「え。いや、そういうわけではなく……」

「次に備えて待機してろってことだよ」

困っていたミナのフォローに入る。

「そ、そっか。じゃ、また言ってね。ボク、がんばるから！」

えへへ、と純粋そうな笑顔で奥へ行ったビビ。

「店自体、そんなに大きくないから、割り振る仕事ってそんなにないんだろ？」

「あはは……実は、はい……」

正解だったようで、ミナが困ったように笑う。

「先生ッ！　創薬室は、余にお掃除させていただきたいですッ！」

持ち場の掃除が済んだのか、エジルが綺麗な挙手をしていた。

一応魔王らしい。現在も人間たちと覇権を争い日夜戦っている。その魔王。

ポーションをきっかけにこの店を知り、そこで出会ったノエラを好きになりバイトの店員としてここで働いている。

「創薬室か。そういえば、簡単にしか掃除してなかったな。悪いけど頼める？」

「任せてください！」

エジルは、魔王だからというべきか、かなり使える。頭もいいし察しもいい。

創薬に必要な素材も転移魔法を使って採ってきてくれる。

他の人間に不遜な態度を取ることもあるけど、店での仕事はミナに次いでよくできた。

ふりふり、とノエラが無意識で振っている尻尾を見つめるエジルは、ぐへへへ、と変な笑い方をしている。

ざわり、としたのか、ノエラが振り返るとエジルの目線に気づいた。

「嫌い。ヘンタイ。死すべし」

「フフフ。ノエラさん、まだ気づきませんか？　そんな蔑む言葉も冷たい目も、余にとってはただのご褒美だということに……」

したり顔で言うことじゃねえだろ。

そんなんだからノエラに嫌われるんだよ。

デキる男なのに、ノエラに関することとなると欲望一直線なのは相変わらずだ。

おれがエジルを促すと、創薬室のほうへ向かっていった。

「困った人ですね、エジルさんは」

もう、とミナは小さくため息をつく。

毎度のことなのでもう慣れたのか、ノエラもさほど気にした様子はなく、棚をふきふき、と雑巾で一生懸命拭いている。

おれは棚から下ろされた商品の瓶を布巾で拭いていた。

おれが新薬を作ると、一種のブームのように売れることがある。でもそのあとは販売数は落ち着いてくるので、売れたり売れなかったりした。

そのため、どうしても棚に置きっぱなしになり、埃を被ってしまうのだ。

よく売れるポーションの在庫には埃ひとつないので、その差がよくわかる。

正直、一個一個こうしていくのは面倒くさい。

「レイジさん?」

後ろからミナに声をかけられた。

「うわあ!?」

適当にやってるのがバレたんだ。

「おほん。今日はきちんとお掃除をする日ですから」

「すみませんッ、軍曹!」

「だ、誰が軍曹ですか」

「あるじ、気をつける。軍曹、怒る、怖い」

実感がこもりまくったノエラの忠告だった。

「だから軍曹って呼ばないでくださいっ」

けど、面倒なのは事実だ。

埃をもっと簡単に取る何かがあれば、今度こうやって店の大掃除をすることになっても、楽ちん。

普段の掃除もさほど手間がかからないし、こうやって大掃除をする回数も減っていくはず。

「あ。そういや……」

アレなら作れるかもしれない。

「ミナ、ちょっとごめん。掃除が楽になる薬作ってきてもいい？」

「【強力激落ちジェル】のことですか？」

きょとんとミナが首をかしげる。

【強力激落ちジェル】は、そのジェルをつけて拭いたところがピカピカになるという薬だ。

「それはもう使ってるだろ？　別のやつだよ」

「それなら問題なしです。お願いします」

軍曹の了承を得ると、おれは創薬室へ入った。

そこではエジルがせっせと掃除をしている。

魔王らしからぬ勤勉さと真面目さだった。

「あ。先生。どうされましたか？」

「ちょっと楽ができる薬を作ろうと思って」

「見学させていただいても……？」

「いいよ。別に大したことはしないけど」

「ありがとうございます」

そういや、作っているところを見せるのってはじめてだっけ……？

ポーションを作りを学ぶっていう目的もエジルにはあったはず。

それで先生って呼ばれているわけだけど……。

じいっと手元を見つめられるのはやりにくいな。

「あの。エジル。もうちょっとなんとなく見られない？」

「どうしてですか。余は先生の一挙手一投足をこの目に焼きつけようと――」

熱い志を持った弟子だった。

「わかった、わかったから」

一人で作業をすると、じいっと見つめてくるので、ノエラがやっているような助手の仕事をさせよう。

「エジル。あそこの棚にある素材取ってもらっていい？」

必要な素材を指示して、集めてもらう。

「え。えぇぇぇぇぇぇぇっ!?　せ、せ、先生っ、ここ、これはっ!?」

あまり物事に動じないエジルが腰を抜かしそうになっていた。

指を差しているのは、素材のひとつ、以前風の精霊にもらった風の結晶石だった。

鑑定スキルで見たところ、風の概念を結晶化したものらしい。

「ああ、それな。もらったんだよ、この前」

「これはヤバいですよ、先生。超レア……一〇〇年にひとつ見つかるかどうかという代物です」

「そんなに!?」

その結晶石、適当に置いているだけだったわ。

割れないようにあとで厳重に保管しよう。

「それって何なの？　レアだろうなって思いはしたけど」

「風そのものをここに閉じ込めている、と言えばご理解いただけるでしょうか。欠片ほどのものを目にすることはありますが、ここまで大きいものははじめて見ました」

手の平に収まるほどの大きさをしている結晶石。

そこで創薬スキルが反応をした。

兵器レベルのヤバい薬が作れるらしい。やめよ、やめよ。

そういう危ないモンを作りたいわけじゃないんだ。

ためつすがめつ結晶石を見るエジル。

「不純物もほぼありません。純度が非常に高いですね……」

その純度とやらが高いと、概念としてのレベルも高次元だという。

「それでか……」

さっきの作れるらしい兵器を思い出してぽつりとつぶやく。

どうやら結晶石を素材にしたその薬は、瓶を開けると液体が瞬時に気化して台風を発生させられるらしい。

意図的に自然現象を作れるっていう時点でもうヤバい。

誰でもわかる、作っちゃいけない薬の一種だ。

けど今からおれが作ろうとしている薬は、この結晶石を少しだけ削る程度で、すべてを利用するわけじゃない。

エジルに素材を揃えてもらい、作業を開始する。

食い入るようにエジルがガン見してくるけど、なるべく気にしないようにした。

例の結晶石を削り、他の素材と合わせていく。

【ダスターX：小さな静電気を発生させることでホコリの吸着力を増加させる。ハタキにつける】

「できた」

「風の結晶石を削ってまで作った薬……さぞかし凄いものなのでしょうね」

エジルが真顔で瓶の中の液体を見つめている。

「そんな大げさなものじゃなくて、ただホコリが取りやすくなる薬だぞ」

「な、な、な、なんて便利な！　いい意味で予想を裏切ってきましたね、先生！」

こっちのほうがエジルにとってはよっぽどな薬だったらしい。

そういや、エジルって掃除好きだよな。

綺麗好きというか、几帳面というか。

この手の大掃除イベントはもちろん、普段仕事としてやっている掃除も細かく行き届いている。

エジルが腰に差していたハタキを片膝をついて献上してきた。

「先生、これを」

「ん」

宝剣を受け取るように、ハタキを掴み【ダスターX】を振りかける。

ギッ、ヂヂヂ、と一瞬青白い稲妻がハタキを包んだ。

「これで使えるはずだ。これをエジルに託そうと思う」

「謹んで、お受けいたします」

やっぱり宝剣を扱うように、エジルは恭しく頭を下げて受け取った。

ハタキを持ったエジルは、まだ掃除が終わっていない場所へ行き、ぽふぽふ、とハタキを振る。

叩かれた勢いでホコリが舞う。

でも次の瞬間、ハタキに吸い寄せられていった。

掃除機ほどではないにせよ、ホコリを引き寄せる磁石みたいな効果だ。

「せ、先生……！　これは革命です……！　掃除に、今、革命が起きました……！」

興奮にエジルの手が震えている。

そんなに嬉しかったのか。

「余が、何度もぽふぽふ、とやってもホコリは常に舞ってしまい、『これではもう掃除しているのか汚しているのかわからないではないか!』と、イライラすることもなくなるでしょう」

綺麗好きなエジルには、舞うホコリすらストレスだったらしい。

「素晴らしい薬です、先生」

「風の結晶石のおかげだな」

代用品となると、もっと別の素材が必要になってくる。

……こんな薬の素材にしてよかったのかと思うけど、あのままだとそれこそ宝の持ち腐れ。

使える機会があるなら使っておいたほうがいいのかもしれない。

ハタキを借りて、おれもぽふぽふ、とやってみる。

エジルが感激した気持ちがよくわかる。

振った箇所だけではなく、付近のホコリもぐんと引き寄せてハタキに吸着させていた。

「一〇回ハタキを振っていたところが、半分くらいで済みそうだな」

「先生、これはもはや、広範囲雷撃……!」

「いやいや、大げさすぎるだろ」

カッコ良すぎかよ。

ホコリ取ってるだけだぞ?

発明に打ち震えるエジルを放っておいて、おれは店に戻った。

「レイジさん、どこに行っていたんです?」

ミナが不思議そうにした。

「ちょっと便利な薬を作ってきた」

「それですか？」

さっきは持っていなかったから、バレるのも早かった。

それとなくノエラも注目していた。

「あるじ、便利の薬、作った？」

「うん。それを使ったこのハタキの威力を見てほしい」

二人が注目する中、おれはそのままになっているホコリがついた瓶にハタキを振る。

ぐん、と振った場所とその近辺のホコリを一気に吸い取り、空中に舞ったホコリも逆再生かのようにハタキへと吸い込まれていく。

「すごいです～～～～！」

「る。ホコリ、なくなった」

エジルが大げさだったわけじゃないらしい。

おれは【ダスターX】の説明を二人にした。

「あるじ、それ、ノエラもやる」

わくわくしているノエラが目を輝かせている。

これでノエラも掃除が好きになってくれればいいんだけどな。

ハタキを渡すと、自分の持ち場でぽふぽふとやりはじめた。

「るーっ！　いっぱい取れる。ごっそり！」

感激してか、激しくノエラは尻尾を振った。棚の近くでそうするからか、ホコリが舞う。

けど、ハタキが一瞬にして吸い取った。

くすん、すん、ぐす、と鼻をすする音がするので見てみると、ミナが涙をちょちょぎらせていた。

「泣いてる!?　何で!?」

「レイジさん……とんでもないお薬を作られましたね。それがあれば、『これじゃあもう掃除していているのか汚しているのかわかりません！』なんてイライラすることもなくなります。嬉しいです……」

エジルと同じことを言っている。

綺麗好きには、ハタキで綺麗にするよりもハタキのせいでホコリが舞う嫌な気持ちのほうが勝っていたらしい。

様子を窺っていたエジルが店に入ってきた。

「先生、商品名を考えました。名付けて『広範囲雷撃《エリアライトニング》ダスター』です。いかがですか」

これまた中二くさい呼び方をしてきたなぁ。

「エリア……ライトニング……」

まずい。

モフ子がときめいている。

「【ダスターX】でいいよ。何の薬かわからなくなるだろ?」

わかりやすさは重要。

お客さんに説明をする手間が省けるから、忙しさを軽減することができる。

【ダスターX】がそうなのかは置いておいて、エリアライトニングなんて勘違いさせてしまうような商品名は避けたい。

「そうですか。いい名だと思ったのですが」

がっかりしたようなエジルだったけど、ハタキを持つノエラが掃除を再開すると、

「エリア――ライトニングッ!」

技名を叫ぶようにして、ハタキを使いはじめた。

「ノエラは気に入ったらしいぞ、エジル」

「では、余の勝ちですね、先生」

勝ち誇った顔すんな。

ノエラに気に入られる選手権はしてねえんだよ。

「ノエラさん、ノエラさん、余のネーミングです!　いやぁ、それが気に入るなんて、余とノエラさんは気が合うのでは?」

嬉しそうに話しかけていくエジルだったけど、ノエラが振りかぶったハタキがぶつかった。

ヂッ――!

「はぎゃっ!?」

ビクン、とエジルが一瞬痙攣した。

静電気をまとっている状態だから、ぶつかるとこうなるのか。

「る……?」

何があったのかわかっていないノエラだった。

けど、接触するとビリビリ痛い、なんてのはよくない。

これは微調整が必要みたいだな。

こうして、【ダスターX】はビリビリしないように微調整をしていき、商品化することになった。

当初は怪訝そうにしていたお客さんに、ノエラが実演販売をすると、かなり好評で、【ダスターX】はホコリに悩んでいた主婦を中心にかなりヒットした。

「エリア――ライトニング!」

そのかけ声が気に入り過ぎたノエラがそう言いながら実演販売をしたので、そう言わないと効果を発揮しない、という勘違いが広まってしまった。

気持ちの問題だから、言ったほうが楽しく掃除ができるんなら言ったほうがいいんだろう。

一応、商品の説明欄に「使用時に何か言う必要はなく、言わなくても効果は十分あります」と追加で記載することになった。

けど、このかけ声が伝言ゲームで方々に伝わってしまったらしく、あの人がやってくることになるとは、このときはまだ思いもよらなかった。

5　規格外のあのお方

「錬金術師殿、錬金術師殿はおらぬかー！」

創薬室で不足分の商品を作っていると、大きな声が聞こえた。

どたばた、と創薬室にノエラが駆け込んでくる。

「あるじ、あるじ、ケンセー来た！」

「ケンセー？」

なんじゃそれ。

早く、とノエラが急かして腕を引っ張るのでついていくと、店先にガロンさんがいた。

「ああ、ケンセーって剣聖のことか」

「おお、錬金術師殿」

どうも、とおれは簡単に挨拶をする。

「いらっしゃいませ。今日は何かご入用ですか？」

うむ、とガロンさんは深くうなずいた。

ポーションとかエナポ、あとは欲しがりそうな商品は……、とおれは頭の中で考えていると、
ガロンさんは言った。

「雷撃を付与できる薬を開発したと、秘密裏に耳にしてな」

「ライゲキを、フヨ……？」

何の薬の話をしてるんだ。

さっぱりわからず首をかしげていると、「ほれ、あれだ、あれ」とガロンさんは商品名がわからないらしく、効果を教えてくれる。

「簡易魔法剣薬」

「簡易、魔法剣、の、薬ですか……？」

どれのことだ。

直接ダメージを与えるような薬を作った覚えはないんだけどなぁ。

困るおれをそっちのけのノエラは、ガロンさんが佩《は》いた剣に興味津々だった。

「それを付ければ雷撃を放てるのだろう？　雷を刀身に纏うとかなんとか」

付けると、雷撃を放つ……。

あー。もしかすると【ダスターX】のことか？

「ええっと、たぶん、ガロンさんが仰っているのは、これのことかもしれません」

おれは棚にある【ダスターX】を手に取りガロンさんのところへ持っていく。

雷撃を放つなんて噂が一人歩きし過ぎだ。

たぶん、ノエラがエリアライトニングなんて声に出してハタキを振るからだな？

それを聞いた人たちが、口頭で効果を伝えていった結果、『静電気を纏ってホコリを取る薬』が『雷を纏い雷撃を放てる薬』ってなったらしい。

なるほど、簡易魔法剣薬って勘違いするのも無理はない。

「【ダスターX】……？」

「はい。言いにくいんですけど、雷撃を付与するような効果ではなく、あくまでも静電気で
……ホコリを上手く取れるようになるだけのものなんです」

申し訳なさそうに言うと、

「そうなのか」

気落ちしたように小さく肩を落とした。

どこからやってきたのかわからないけど、ここまで結構な道のりだったんだろう。

わざわざ来てもらったのに、手ぶらで帰らせるのも何だか申し訳ない。

「けど、ホコリを取ることはできるので、剣のお手入れで役に立つかも……」

「いや、手入れに関しては間に合っている」

「そ、そうですか」

「では、雷撃を放てるようになる薬というのはないのだな」

「はい。すみません」

作ろうと思えば作れるらしいけど、キリオドラッグは兵器工場じゃないので、そういったものは作らない。

「その薬、見せてもらえるか」

「どうぞ」

おれが瓶を渡すと、ガロンさんは中身をじいっと見つめる。

「ハタキに振りかけてもらうと、ホコリが吸着して掃除が楽になるんです」

綺麗好きかもしれないので、詳しく商品を説明した。

「お代はあとで払う。試させてもらってもいいか？」

「はい。もちろん」

ハタキ、ハタキ……、とおれが探していると、ガロンさんは剣を引き抜き、【ダスターX】をすべて振りかけた。

ヂッ、ヂヂヂ、と稲妻が舞い、ガロンさんが声を上げる。

「おお、これは……」

「ちょっとした静電気なので、戦闘用に使えるような電撃じゃないですよ」

ふむふむ、と何か考え事をするガロンさん。

抜き身のまま外に行くので、何をするのか気になり、おれとノエラはあとをついていった。

「錬金術師殿。私は、魔法の才能がまるでなく、戦う術といえば、この剣を振ることのみだった」

……その設定だけで十分カッケーんですけど。

「魔法に憧れたことは多々あった。難敵を前にしたとき、私にも魔法が使えたらと思ったことは幾度もある。そして『つけるだけで雷撃を放つ薬がある』と耳にしたのだ」

魔法への思いが大きすぎて、申し訳なくなる。

「試して思ったが、これはまさしく魔法の一種」

「あ、いや、ホコリを吸い寄せるだけの薬ですよ」

「この小さな息吹を、魔法剣に昇華させられるか否かは、私の腕ひとつにかかっている」

ザッ、と肩幅に足を開いたガロンさん。

「昇華させるって……そんなこと、できるんですか……？」

できたら、すごいことなんじゃ……。

「鍛練が足りているのか、いないのか。試してみようと思う」

鍛練の問題なのか……？

「るう？」

ノエラも合点がいかないようで、首をひねっている。

商品化する際に、たくさん塗っても人に害が出ないように調整をした。

鍛練したからって、それが強化されるもんなのか？

半信半疑で様子を見守っていると、ガロンさんはすうはあ、と深呼吸を繰り返す。

「いざ」

剣を体の中央で構えると、目を見開き一気に振りかぶった。

いつもはすぐに消えるはずの静電気が、ヂ、ヂヂヂ、と目に見えるほど強くなっているのがわかる。

「ま、まさか」

マジなのか。鍛錬が足りているからって、静電気が雷撃に――!?

「ンンンン――ヌァアッ！」

気合いとともに振り下ろした剣は、ズガァン、と落雷にも似た爆音が響かせる。そして、力強い紫電が放射状に伸びた。

「マジかよ――!?」

「るぅ――!?」

はぁ、と息をつくと、ガロンさんは剣を納めた。

「この【ダスターX】とやら、あるだけもらおう」

「あ、ありがとう、ございます……」

す、すげぇ。

どれだけ振りかけたり塗ったりしても、人を害する静電気にならないようにしたのに。

「剣の道に通じている人なら、【ダスターX】があればできるもんなんですか？」

「それはわからぬ。鍛錬次第だ」

やっぱそれなのか。

「しかし、剣聖と呼ばれる私がようやくこれだ。他の者に真似ができるとは思わぬ。戦闘で使い物になるかどうかは、試行錯誤も必要であろう」

剣がすごいのか……？

同じことを思ったのか、ノエラがそっと突いているけど、おかしな様子はとくになさそうだった。

「ありがとう、錬金術師殿。実戦でモノになるよう、これからも鍛練に励もうと思う」

求道者だ……。

常識では測ることができない人をはじめて目の当たりにした。

この人しかできない芸当で、悪用する人でもないだろう、と思ったおれは、【ダスターX】の在庫をあるだけ持ってきてガロンさんに売ることにした。

まあ、あの放った電撃が見かけ倒しってこともなくはないだろうし。

前回のように指笛を鳴らすと、黒馬がやってくる。革袋に【ダスターX】を詰め込むと、馬にまたがった。

「錬金術師殿」

「レイジと言います」

前言わなかったっけ。

「すまない。レイジ殿、また何か作ったときは、足を運ばせてもらう」

「ポーションとか、他にもいい薬があるんで、次来たら是非見ていってください」

「うむ。では――」

はぁッと馬腹を踵で蹴ると、風のように去っていった。

「すごかったな、ノエラ」

「るう……ノエラ、まだまだ」

ガロンさんに触発されてストイックモードに入っているらしい。

さすがにあれは真似できないと思ったのか、ノエラは店に戻ると指笛の練習をしていた。

「グリ子、これで呼ぶ」

そこなら真似できると思ったらしい。

指笛を鳴らしたらグリフォンが飛んでくるなんて、もしできたらたしかにカッコいいかもしれない。

憧れるノエラは、ふすー、という空気音をずっと鳴らしていた。

6　万能調味料

不足している素材を薬草畑で採取していると、近くの農家のおじさんに声をかけられた。

「薬屋さーん、これ、余ったからもらってくれるかい？」

カゴをおれに渡してくれる。

「あ。いいんですか？　ありがとうございます」

中には、色とりどりの野菜が数種類。これはミナが喜ぶだろうな。

「いいの、いいの。こっちは、薬屋さんの薬ですごい助かってるんだから」

それじゃあ、と農家のおじさんは立ち去っていく。

こんなふうにして物をもらうっていうことは珍しくない。

大きな町ではないから、薬屋はキリオドラッグしかないし、他にも靴屋もパン屋も一軒しかなかったりする。

そのせいか、住民のみんなはいつもおれや薬に感謝をしてくれる。

あんなふうに言ってくれると、薬屋冥利に尽きるってものだ。

薬草を採り終えると、もらったカゴを持って店へと戻った。

おれが出かけている間に、エレインが遊びに来たようで、店番を一人でしているノエラと話をしていた。

「ノエラさん、ちゃんとお仕事しないとミナさんに怒られますわよ？」

「だいじょぶ。ミナ、見てない。あるじも、いない」

「わたくしが言いつけますわよっ」

「裏切る、ダメ」

まったく、モフ子は目を離すとこれだ。

「ただいま」

「レイジ様、お帰りなさいまし。お戻りになられましたのね」

ちら、とカウンターの席にいるノエラを見ると、しゃん、と背筋を正した。

「畑に行くとノエラさんにお聞きしましたけれど……これは何ですの？」

薬草以外の物をおれが持っているからか、エレインが興味を示した。

「農家のおじさんが余ったからって野菜をいくつかくれたんだ」

ほえー、と珍しそうにエレインは話を聞いている。

お嬢様にはそんな経験がないんだろう。

「お、お金は払わなくてもよろしいんですの？」

「うん。余り物だから」

気になったノエラもこちらへやってきてカゴの中を覗くと、微妙そうな顔をして席に戻っていった。

「野菜……」

ノエラはつまらなさそうに首を振っていた。

ノエラは以前、トマト嫌いだった。

今では克服したけど、実は野菜全般が苦手だったりする。

狼だから仕方ないなー、と目をつむっていたけど、ミナの話によると、最近とくに野菜の食べ残しが多いらしい。

別にミナの野菜料理が下手ってわけじゃない。むしろかなり美味いほうだけど、お子ちゃまモフ子にその良さはいまいち伝わっていないようだ。

「エレインは野菜食べられる？」

目をすっとそらした。

「も、もちろんですわ……」

このお嬢様は……。

我がまま言えば言うだけ受け入れてくれそうだもんな。お貴族サマはこれだから……。

「だってよ。ノエラ。エレインはちゃんと食べるんだとさ」

「マキマキ、嘘ついてる」

ビシっと指を差して指摘するとびくんと肩をすくめた。

「どきっ」

嘘がバレたのがこんなわかりやすいやついる？

「ノエラも、エレインも、野菜はちゃんと食わないとダメなんだぞ？」

「わかっていますけれど、美味しくないんですの……」

エレインは、バレたとわかると素直なんだな。

対照的にノエラは――。

「ノエラ、食べてる。問題ない」

おれが相手なら誤魔化せると思ってるな……？

「ミナから聞いてるぞ、ノエラ。全然食べないって。ミナ、悲しそうだぞ。せっかく作ったのに食べてくれないって」

「るぅ……」

へにょん、とノエラは耳を垂らした。

悪いとは思っているらしい。

「あるじ、野菜よくない。ノエラの体、よくない」

「なわけないだろ」

「狼、野菜食べない」

「おまえは人狼だろ」

都合いいときだけ狼面はやめてもらおうか。

「る……っ」

図星を指されたのか、ノエラは何も言わない。

やれやれ、とおれは店を出て奥に行く。掃除をしていたミナを捉まえて、野菜をもらったことを報告した。

「あ～。美味しそうなお野菜です。今日はこれを使った料理にしましょうか」

「うん。けど、ノエラが食べないんだろ？」

「そうなんです……。調理方法を色々と試しているんですけど、理由をつけてお皿の端によけちゃって……わたしのお料理が下手なせいなんでしょうか……」

改めて話を聞いてみると、めちゃくちゃ悩んでいた。

「そんなことないよ。美味しいよ、ミナの料理。全部」

「えへへ。ありがとうございます、レイジさん」

ミナが料理に自信を失くして料理をしなくなるっていうのが一番困る。

ノエラの野菜嫌いをどうにかしないと。あとついでにエレインも。

ノエラが敬愛してやまないガロンさんに、「野菜を食べないのはカッコ悪い」みたいなことを吹き込んでもらうか……？

けど、あの人はここらへんの住民じゃないからいつ来てくれるかわからないんだよなぁ。

ノエラに関して言うと、種族的なものがもしかするとあるのかもしれない。

おれたちが感じる以上に風味には敏感だろうし、ピーマンとか苦味があるものはおれたち以上に苦く感じているのかもしれない。

「ううん……」

おれも子供のころは、嫌いな野菜が多かった。

ピーマンもナスもホウレンソウも苦手で、大人になるにつれて食べられるようになっていった。

ただノエラの場合、大人になるのを待っても野菜を食べるようになるとは思えない。

「何かいい手は……」

あ。

そういや、アレなら食べるんじゃないか？

おれも現代で野菜を食べるときはよくお世話になっていたし。

野菜以外にも何をつけても美味い、万能なアレ。

「レイジさん、何か思いついたんですか？」

「うん。もしかすると、上手くいくかもしれない」

おれは創薬室に向かい、新薬の製作に取りかかった。

アレがあれば、ノエラの野菜嫌いは克服できるかもしれない。

ノエラだけじゃなくて、おれも食卓にあれば嬉しい。

ただ薬って感じじゃないけど。

まあ、ノエラが野菜を食べられるようになることが優先だろう。そうすればミナの悩みも解決されるだろうし。

善は急げだ。

おれはさっそく創薬室に入り、創薬スキルに従い素材を揃えて作業を開始した。

現代人のおれからすると、知っている味だから戸惑うことはないけど、異世界の人たちに受け入れてもらえるんだろうか。

「全然考えてなかったけど、そもそもそれ自体が苦手ってパターンもあるもんな……」

けど、対策らしいものはこれしかない。

【マヨマヨマックス：薄黄色をした調味料の一種】

「うわ。めっちゃマヨ」

瓶の中に入った【マヨマヨマックス】を眺めてつぶやく。

見た目そのまんまだ。

指で少しだけすくって舐めてみた。

お酢っぽいほんのりとした酸味と卵のまろやかな味がする。

「うわ。めっちゃマヨ」

同じセリフをまた言った。

「これなら、ノエラも野菜を食べられるようになる……はず」

まず、【マヨマヨマックス】が口に合うかどうかだな。

おれは瓶を手に店へ入る。

「あるじ、新しい薬？」

見慣れないからすぐにノエラが気づいた。

エレインも興味深そうに瓶を見つめている。

「うん。新しい薬だ」

現代でマヨを知っているおれからすると、厳密には薬じゃないけど、野菜が食べやすくなる薬と言うこともできるので、薬ってことにしておこう。

ふがふが、と鼻をひくつかせるノエラが瓶に顔を寄せる。

「……る？　におい、不思議」

「嫌じゃない？」

ふるふる、とノエラは首を振った。

「じゃない」

「どんなにおいですの？」

気になったエレインも【マヨマヨマックス】のにおいを嗅いだ。

「……嫌ではないですわ。何なのでしょう、これは。……卵？」

「正解。エレイン、いい鼻をしてる」

「レイジ様に褒められましたわぁー！」

わぁーい、と喜ぶエレインとは対照的に、ノエラがむすっとした。

「あるじ。ノエラも、卵使う、わかった」

自分もわかったアピールをしてくるノエラだった。

なんか拗ねているので、もふもふ、と頭を撫でておいた。

「これがあれば、色んなものが美味しく食べられるんだ」

「「色んなもの……？」」

ノエラとエレインがそれぞれ自由に何か想像をしはじめた。

……ノエラは、なんとなくわかる。

「ノエラ、ポーションと混ぜても美味しくはならないぞ？」

おれの予想は当たったらしく驚いている。

「るっ!?　あるじ、どしてわかった」

考えそうなことだからだよ。

「となると……わたくしの失敗したお料理でも、美味しくいただける、ということなのでしょうか？」

「ん～～」

失敗の程度によるけど、どうなんだろう。

「美味しくいただけるかはわからないけど、マイナスの数を減らせることはできるかな。飲み物や甘いお菓子とは相性が悪いよ」

料理の味がマイナス一〇〇とかならもうお手上げだけど。

「すごいですわ！　わたくしが、お砂糖とお塩を間違えた数々の失敗作もどうにかなりますのね!?」

同じミス何回してるんだよ。

呆れながら、おれは「多少はな」と応じた。

「舐めてみる？」

瓶を差し出すと、ノエラとエレインは順番に指ですくって口に運ぶ。

「る……？　塩味系」

ノエラは思っていた味じゃなかったらしい。けど、拒否反応は示さなかった。

「これは…………何とも言えないまろやかな味ですのね」

舌が明らかにノエラより肥えているエレインは、グルメコメントもばっちりだった。

「あるじ。まろやかな味」

対してコメント泥棒をするノエラだった。

「これを野菜につけて食べるんだ。これがあれば生でも美味しいんだぞ」

おれがそう言うと、さっきまで興味があった二人の目がすっと輝きを失った。

「……あるじ、その手に、ノエラ引っかからない」

ぶんぶん、と険しい顔で首を振るノエラ。

「そうですわよ、レイジ様。わたくしも、その程度でお野菜が食べられるのであれば、家の者は苦労しませんのよ？」

誰目線なんだよ。

苦労かけてるのは自分だろうに。

「野菜、美味しいよマジで」

「「……」」

二人は疑いの目をしていた。

仕方ないな。

おれは「ちょっと待ってて」と言い残し、キッチンにいたミナにさっきの野菜で野菜スティックを少しだけ作ってもらった。

それを持って店へ戻ると、置いていた【マヨマヨマックス】を二人が舐めていた。

よかった。味自体は気に入ったっぽいな。

「ミナに食べやすく切ってもらった野菜を【マヨマヨマックス】につける」

細長く切られたキュウリのスティックをつける。先端にとろりとした【マヨマヨマックス】がつく。

待て待て、とノエラはおれがわかってないみたいに首を振った。

「あるじ。そのまま、十分、美味の味」

「気に入り過ぎても困るんだよな」

「レイジ様、お野菜にわざわざつけるなんて、そんな無粋な真似をなさらなくてもよろしくてよ？」

「野菜につけるために作ったんだよ、これは」

本末転倒な二人に、おれは見せつけるように野菜スティックをかじる。

「あー。うめぇー」

シャクシャク、とキュウリを食べていく。

やっぱ野菜につけると食べやすくていいな。

「「…………」」

二人は疑いの目をしていた。

野菜どんだけ嫌いなんだよ。

「ほら。美味しいよ」

【マヨマヨマックス】をつけたニンジンスティックをノエラに差し出してあげる。

「るう……」

困ったようにノエラは眉根を寄せている。

けど、根負けしたのか、ぱくりと先端だけを食べた。

ぽりぽり、と音を立てて食べるノエラ。

「……るう？　嫌じゃない……」

自分でも何を言っているかわからないが、とでも言いたそうに、不思議な表情をするノエラだった。

「の、ノエラさんがあっち側に行ってしまいましたわ!?」

あっち側ってどっち側だよ。

「ほら。エレインも。美味しいから」

別の野菜スティックを選んで【マヨマヨマックス】をつけて差し出す。

「こ、こ、これは、『あーん』ですわ……!?　レイジ様、そんな、いきなり……」

顔を真っ赤にしたエレインはモジモジと躊躇っている。

「食べないなら、ノエラ、食べる」

口を開けて食べようとするノエラを、エレインが押しのけた。

「食べないとは言ってませんわ！」

「食べづらいなら自分で野菜スティック持つ？」

「れ、レイジ様が持っててくださいまし……」

両手で顔を覆ったり、膝をすり合わせていたエレインだったけど、ようやく覚悟が決まったらしく、ぱくっと食べた。

「レイジ様に『あーん』してもらいましたわ～！」

エレインは嬉しそうに頬を手で押さえていた。

エレインは、野菜の味とか、もう正直どうでもよくなってないか？

「この【マヨマヨマックス】があれば、野菜は食べられるな？」

念のため訊いてみる。

気持ちのいい返事をしてくれると思ったら、ノエラはノンノンと指を振っていた。

「あるじ」

「ん？」

「食べられる、好き、違う」

小賢しい理論武装してきやがった。

けど、食べられるようになったのは揺るがない事実。

あとは、気持ちの問題だと思うんだよな。

どうしたら進んで食べてくれるようになるんだろう。

あ。

このお子ちゃま二人は……。

「これつけて食べる野菜って、大人の味だよな。大人にだけ許されるっていうか」

大人ならつけなくても食べられるんだけど――、さて効果のほどは。

おれがちらっと二人を見ると、すでに野菜スティックの残りを手にして【マヨマヨマックス】をつけて食べようとしていた。

「ノエラ、大人の味、わかる人狼」

「晩餐会に何度も行っているわたくしですわ。大人の味がわからないはずがありませんの」

二人とも決め顔で野菜スティックを食べはじめた。

おれの発言は、背伸びしたがるおませさんたちには効果抜群だった。

おれは内心ほくそ笑んだ。

ふふふ。もうあだこうだ理由をつけて野菜を食べないなんてことにはならないだろう。

「みなさーん、お昼ご飯ができましたよ。エレインさんも、よければ召し上がってください」

「ノエラ、もう何も怖くない」

一端の戦士ぶった顔つきだった。

「わたくしも、右に同じ、ですわ」

エレインもたくましくなった顔つきで、自慢の縦ロールをふぁさっと手で払った。

二人とも、この短期間でずいぶん成長したなぁ。

うんうん、とおれは【マヨマヨマックス】を持って二人のあとを追う。

テーブルには、ミナが恐る恐る出したサラダがすでにあり、ノエラとエレインは【マヨマヨマックス】をかけてそれを食べきった。

「大人の味。一味違う」

「ですわ」

どうやらこのお嬢さん方には、『大人の味』っていうフレーズがクリティカルヒットしたらしい。

「すごいです……。あんなに嫌がっていたのに」

ミナがめちゃくちゃ驚いていた。

「レイジさん、売りましょう。この新しいお薬。困っているご家庭はたくさんあるはずです」

マヨは正義。

辞書にもそう書いてあるくらいだからな。

ミナの後押しもあり、おれは【マヨマヨマックス】を商品化することにした。

ノエラが書いた商品説明に「大人の味」と書いたおかげか、大人も子供も興味を持ち、【マヨマヨマックス】は人気商品のひとつとなった。

7　日々の悩み

最近、ミナが食器の洗い物をサボっている。

キッチンの流しには使い終わった皿やコップがぱんぱんに入っていることもしばしばあった。

普段から常にしてくれているから、サボる程度全然構わない。

任せっきりは悪いなと思っていたから、これを機におれも洗い物をしていこう。

おれが作った食器用洗剤の効果は高く、ごしごし擦らないと汚れが落ちない、なんてことはまずない。

溜まった分を片付けるのに、一〇分もかからなかった。

「レイジさん、洗い物ありがとうございます」

「いやいや、こちらこそいつもありがとう」

けど、何も言わずミナがこんなふうに家事をしなくなるのは珍しい。

ノエラじゃあるまいし……。

「あるじ、何」

「いや、何でもない」

サボり魔のノエラを見ているのがバレてしまい、おれは首を振っておいた。

ミナが皿洗いをしなくなった理由……。

何があるんだろう。

考えてみたけど全然思いつかない。

「なあ、ミナ。困ったことない？」

「え？　困ったことですか……？」

ううん、と考えるけど、ふるふると首を振った。

「ありませんよ。毎日毎日楽しいです」

聖母のような微笑みを返してくるミナ。

じゃ、一体どうして……？

「ミナ。最近、洗い物をしなくなっただろ？」

「あ、はい。もうちょっとで良くなると思うので、ごめんなさい、レイジさん……」

申し訳なさそうにミナは頭を下げた。

「いや。いいよいいよ。やってないことを責めているんじゃなくて、単純にどうしてしなくなったんだろうって思ってさ」

ん？　良くなる……？

「実は、こういうことでして……」

さっとミナは手の甲をこちらへ向ける。

「んー？」

しげしげと観察すると、どうして皿を洗うのをやめているのかわかった。

「手が荒れている……?」

「はい……」

ノエラもじいっとミナの手を見つめて、自分の手と比べている。

「カサカサ」

「もうカサカサで。食器を洗うのが原因なのかもと思って、今はお休みをいただいているんです」

「なるほど。手荒れがその理由だったのか」

ミナがやらなくなってから食器洗いをはじめたから、おれに今のところ大した変化はないけど、ミナは今まで毎日そうやってきたんだ。

ミナには乾燥したり荒れたりするってことは日常茶飯事だったのかもしれない。

「ノエラは?」

「る」

ノエラの手を見せてもらうと、潤いたっぷり。

ふにふにで触っていても気持ちいい。

「あるじ、くすぐったい」

「ごめんごめん」

肌質のおかげか、おれは手荒れや乾燥を今まで気にしたことはなかった。

けど、困っている人はたしかにいるんだな。

思い返せば、肌がカサカサでかゆいって人は元の世界にもいたっけ。

「女性は結構悩んでいる方は多いと思いますよ、レイジさん」

「よし。ミナがそう言うのなら間違いないだろう」

主婦代表みたいなところがあるし。

もしかすると、あの食器用洗剤の影響が多少あったのかもしれない。

洗い物を終えたあとは、肌が突っ張ったような感覚がある。

これを繰り返していくと、手荒れにも繋がるんだろう。

「ちょっと試しに作ってみるよ」

「レイジさん、ありがとうございます」

ダイニングをあとにして、創薬室に入る。

やってきたノエラを助手に、さっそく新薬の開発に取りかかった。

この手の薬は、現代では女性が使う薬のイメージがあるけど、男も使わないわけじゃないんだよな。

「る？　いいにおい」

さっそくノエラが香りに反応した。

「女の人がつけるものだから、花の香りがするものにしようと思って」

無香タイプも別で作っておこう。

【テウルオーウ：クリーム状の液体。塗ると保湿効果があり肌荒れを予防する】

「できた。ミナに試してもらおう」

「るー！」

ぱたぱた、とノエラが尻尾を振って同意してくれる。

創薬室を出ると、ミナに瓶を渡した。

「ミナ。これ、新しい薬」

「わ。すごいいい香り……お花や果物とか、そういう香りがします」

よかった。不快なにおいじゃなくて。

おれがいいと思っていても他の人もそう思うとは限らないのが、香りの難しいところ。

「クリームには保湿成分が入っているから、塗ると乾燥を防いでくれるんだ」

「へえええええ。そんな効果が」

通販番組の出演者並みに大げさに驚いてくれるミナだった。

「試してみて」

「はい」

ミナは指でひとすくいすると、手の甲に塗る。

それを全体に伸ばしていき、両手に塗り終えた。

すんすん、とノエラが鼻をひくつかせている。

「いいにおい！」

「えへへ。ずっとこうしていられますね」

手を鼻の近くへ持っていくミナは手の香りをずっと嗅いでいる。

「ノエラも塗る」

ミナの真似をして同じようにノエラも手に塗った。

すんすんすん。すんすん。とにおいを嗅ぎまくっている。

「香り以外はどう？」

「これが潤いというやつなんでしょうか。お肌がもっちりとした感じがします」

すぐに効果を発揮するような薬じゃないので、一日ほど様子を見てもらうことにしよう。

すんすすん、とにおいを嗅ぎまくっているノエラは、瓶からまた指先にクリームをつける。

それを口に運ぼうとしていた。

「ちょっと待て」

「るっ!?」

「いいにおいがするだけだから、食っても美味くないぞ？　ていうか食べ物じゃないから」

「るう。残念」

ノエラの中では、いいにおいがするものは食べると美味しいって公式でもあるのか？

無香タイプもあとで作って、もしこの香りが気に入らない人にはそっちをお勧めしよう。

「薬屋さーん？　こんにちはー？」

店のほうから声がするので出てみると、ウサギ亭のレナがいた。

「いらっしゃい。今日は何の用？」

「マヨちょうだい。お父さんがあれを使ったレシピを研究しててね」

「はいはい」

と、おれはレナに言われた通りの数の【マヨマヨマックス】を準備する。

マヨは色んな料理に使えるからな。食堂のおっちゃんが研究したくなる気持ちはわからないでもない。

あ、そういえば、洗い物といえばレナもそうだ。

「なあ。レナは手が荒れて困ったりすることはない？」

「手が荒れる……？」

「手、見せてもらえる？」

はい、と差し出してくるので、観察させてもらう。

ミナほどではないけど、荒れている。

手が荒れるっていうのが、どういう状態なのかよくわかってなかったらしい。

モニターは多いほうがいいから、レナにも渡しておこう。

「ノエラ、ブツを」

「る！　任せる」

ノエラが回れ右をして【テウルオーウ】を取ってくる。

「うわ。いいにおい！」

「花と果物の成分、入ってる」

ノエラが先に説明をしてくれた。おれも後に続き効果を説明する。

「手に塗ると保湿してくれるから手荒れの予防になるんだ」

「へえ。そんな薬があるんだね」

ぬりぬり、とさっそく手に塗ったレナは、ミナと同じようににおいを嗅いでいる。

「今度感想聞かせてほしい」

「うん。もちろん」

会計を済ませ、レナは帰っていった。

しばらくすると、主婦らしき二人がやってきて【テウルオーウ】がどこにあるのか尋ねてきた。

「ウサギ亭のレナちゃんに聞いたのよ」

「あるんでしょ。潤いを与えるブツが」

潤いを求める圧がすごかった。

「あ、まだ商品になってない試供品ですけど、大丈夫ですか？」

ある程度の仲だとお試しでお願いしやすいけど、完全にお客さんとして来られるとこう対応せざるを得ない。

「いいのよ。試しに使わせてちょうだい」

「それね！　いいにおいがする保湿クリームは！」

ノエラが持っている瓶に目をつけたお姉さま方は、我先にと指先につけて手にまんべんなく塗った。

「「すごい……潤う……」」

手に頬ずりをしていた。

どんだけ潤いたかったんだよ。

「また来るわ」

「ええ。商品になったら、買うわ」

主婦二人はそう言い残して店を出ていった。

慌ただしい人たちだったけど、商品価値があることはわかった。

「レイジさーん。やっぱりこのクリームとってもいいですよ！」

ミナがそう言ってくれるのも後押しとなり、【テウルオーウ】はその日に商品化が決まった。

販売をはじめるとあの主婦二人がやってきて、ひとつずつ買っていった。

ノエラは、圧が強めな二人がどうやら苦手らしく、来店中はずっとおれの後ろに隠れていた。

「また来るわ」

「【テウルオーウ】が切れた頃にね」

そう言い残して去っていった。

いや、他の商品買いに来てくれてもいいんですよ？

こうして、あの人たちも含め【テウルオーウ】は女性を中心に人気となったのだった。

8　王都観光

遊びに来いとうるさいので、ポーラの店へノエラと一緒に遊びに行ったときのことだった。

こうしてたまにやってくると、お茶を出して一応もてなしてくれるポーラ。

相変わらず店は暇で、生活できる稼ぎがあるのか心配になるくらいだった。

「レーくんさ、この町にずっといるじゃん？」

コップに入れた【ブラックポーション】を啜りながらポーラは言う。

「まあ、そうだな」

「王都は行ったことある？」

「ないよ。どうしたんだよ、珍しい」

おれも出してもらった【ブラックポーション】をひと口飲む。

ノエラはというと、おれたちの話が退屈だったのか、売れそうにない剣を鞘から抜いては刀身を見つめて納めるということを繰り返していた。

「ウチ、ここに来る前は王都にいたんだよ」

「そりゃ初耳だな」

王都か。あんまり興味はなかったな。

畑イジりをして薬草を育てて、みんなに薬を売るっていうだけで十分楽しいし。

そりゃ、多少の興味はあるけど。

「物品鑑定士の勉強でね、四年くらいいたんだ」

そういや、前にその免許の更新で勉強してたっけ。

「あのときは楽しかったなーって思って」

「へえー」

「反応薄っ」

けらけら、とポーラは笑い出した。

「悪かったな。元々そういうタチなんだよ」

「レーくんも機会があったら行ってみることをお勧めするよ」

ふうん、とおれはそのとき聞き流していた。

帰り道、ノエラにも同じ質問をしてみた。

「ノエラって、王都に行ったことある？」

ぷるぷる、と首を振った。

「ノエラ、田舎の人狼。王都、行ってない」

「そっか」

この世界の王都って、どんな場所なんだろう。

王都でなくても、他の大都市すら行ったことがない。

っていうのも、必要を感じなかったからっていうのが大きい。

行かなくても、ここで楽しく生活はできるし、不便を感じることもない。

冒険者になって出世してやろうって思っているんなら行くべき場所なのかもしれないけど。

けど、ポーラが言っていたその機会ってやつは、唐突にやってきた――。


翌日。

馬車が店の前に到着すると、エレインが降りてくる。

「わたくしが来ましたわぁー！」

「言わなくてもわかるよ」

だいたい、うちに馬車でやってくるなんてエレインしかいないんだから。

「マキマキ、らっしゃい」

「いらっしゃいましたわ、ノエラさん」

「エレインさん、いらっしゃいませ。すぐにお茶を出しますね」

声を聞いたミナも奥から顔を出した。

「いいんだよ、ミナ。どうせノエラと遊びに来たんだから」

いつものようにおれがミナを制していると、エレインがぷくっと膨れた。

「どうしてそのような塩対応なのですか、レイジ様はっ」

「エレインがいると、ノエラが仕事をサボるんだよ」

で、エレインはエレインで何か買うのかと思いきや、とくに何も買わず、ノエラと雑談したり、一緒にグリ子と遊んだりするだけ。

ノエラの仕事を立派に妨害している。

怒ったようにノエラが顔をしかめた。

「ノエラ、サボったことない」

「すぐバレる嘘はやめような、ノエラ」

おほん、とエレインはわざとらしい咳払いをした。

「いつもはそうかもしれませんけれど、今日は違いますの」

えへん、と胸を張る。

「ん？　何か用事？」

「実は、来週王都で晩餐会がありますの。もしよければ、レイジ様も一緒にいかがか、とお父様が申しておりますわ」

「前もあったな。そういや」

エレインの父親であるバルガス伯爵の招待で貴族のパーティに参加したことがあった。

「今回は王都ですのよ。カルタの町や我が領地は比較的僻地にありますから、あまり行く機会もないのですけれど、今回はオフィシャルな晩餐会ですわ」

「オフィシャル？」

「ええ。陛下もお顔を出してくださるとか」

「うわぁ。行きたくねぇ」

「どうしてですのっ！　普通、そこは行きたがるところですのよっ！」

「何か粗相を仕出かさないかと思って」

「晩餐会にはお出にならなくても大丈夫、とお父様が申しておりましたから、嫌なら大丈夫ですわ！」

それならそうと早く言ってくれよ。

「じゃ、どうしておれを王都に？」

「気晴らしに、と」

なるほど。

遊びに誘われているってことか。

鬱憤が溜まっているわけじゃないけど、王都がどんな場所なのか興味はあった。

「あるじ、行く？　行くなら、ノエラ、行く」

ノエラもおれが行くならついて行きたいらしい。

「ミナはどうする？　もし行くなら店をしばらく閉めようと思うんだけど」

「ううん。お店が閉まると困る人も出てきてしまいますから、わたしはまた次の機会にしておきます」

それもそうか。

「わかった。――じゃあエレイン、おれとノエラの二人が行くよ」

「わかりましたわ。お父様に伝えておきます」

執事のレーンさんに話を訊くと、馬車で四日ほどかけて王都へ向かうらしい。

その道のりなら、グリ子に飛んでもらえば半日もかからない。

おれとノエラだけは現地集合としてもらい、グリ子で行くことに決めた。

向こうで合流後は、バルガス伯爵とエレインが王都を案内してくれるという。

ガイドがあるんなら、トラブルも避けやすくていい。

こうして、おれとノエラはバルガス伯爵の誘いに乗って、王都へ行くことにした。

「ノエラさん、レイジさんの言うことをちゃんと聞かないとダメですよ？」

「る。わかた」

ミナが一番心配しているのは、ノエラらしい。

エレインたちが出発するその日、通行手形がうちに届いた。これがないと王都の門をくぐれず中に入れないという。

そして出発の日。

ミナとビビ、エジルが見送りに来てくれた。

「じゃあ、行ってくる」

「レイジくん……ちゃんと帰ってきてね。ボク、レイジくんがちゃんと雇ってくれないと勝手に来てる迷惑なやつになっちゃうから」

そんなふうには誰も思わねえよ。

あと、そこまで危なくないだろ。危なくないよな……？

ビビはノエラとハグをして別れを惜しんだ。

「先生。ニンゲンどもの中枢に乗り込むのですね」

「おまえだけ物騒だな？」

おれも人間なんだよ。忘れているかもしれないけど。

「どこにあるか、帰ってきたら教えていただけますか」

「絶対言わねえ」

ミナには、耳にタコができるくらいあれこれ注意を聞かされたので、ここではもう何も言うことはないようだった。

グリ子を厩舎から出して跨り、ノエラに手を貸して後ろに乗せた。

「そんなに長く滞在するつもりはないから、三日か四日くらいで帰ってくる」

「る！」

手を振るみんなに手を振り返し、グリ子に乗ったおれたちは一路王都を目指した。

グリ子に乗っていくつか山を越え、途中で見かけた町で少し休憩をし、もらった地図に従い再び王都を目指す。

大きな城が遠くに見え、外壁で覆われた町が見えたころには、もう夕方だった。

近くに着陸すると門兵にグリ子のことがバレて大騒ぎになるので、物陰に降りてもらうことにした。

「あるじ、グリ子どうする」

「きゅぉ……」

ついていきたそうに、グリ子はおれをじいっと見つめてくる。頭をぐりぐりとこすりつけてくるので、よしよし、と撫でておいた。

「いきなり大声出さない？」

「きゅ！」

「翼、バサバサしない？」

「きゅお」

うんうん、とグリ子はうなずく。

「よし。それが約束できるんなら、これをグリ子に使おう」

ここまで一緒に来たのに帰ってよし、っていうのはなんか可哀想だな、とおれも実は思っていた。

明日の朝に帰るのならここらへんで時間を潰してもらってもいいんだけど、しばらく滞在予定だからグリ子はどこかにいてもらいたい。

おれは鞄の中から以前作った薬をひとつ取り出した。

「【小さな巨人】を飲んでもらう」

「きゅう？」

きょとんとした顔で、グリ子もノエラも首をかしげた。

そういや、この薬は一般発売してない、いわば業務用みたいなところがある。ノエラたちが知らないのも無理はない。

以前、アナベルさんたち傭兵団用に作った薬だ。

「これを飲むと、一定時間小さくなれる」

ドズさんに飲んでもらったときは、手の平サイズにまでなった。

「グリ子、一緒に中、入れる」

「きゅ、きゅ！」

ノエラもグリ子も嬉しそうだった。

念のため【スケスケスケール】という透明になれる薬も用意してある。

万が一薬が切れて元のサイズに戻ったときは、即座にこれを飲んでもらうという作戦だ。

「あー、して」

おれが言うと、グリ子はクチバシをぱかっと開けた。

そこに【小さな巨人】を流し込んでいく。

ごくん、とグリ子が飲み込むと、すすすすす、とみるみるうちに体が小さくなっていった。

「ちっちゃ！」

ノエラが指でつまんで手に載せた。

このサイズだと普段以上に可愛いな。

きゅー、きゅー、と鳴き声を上げているけど、サイズがここまでになると、鳴き声は耳を澄まさないと聞こえない。

指先でノエラがよしよし、とグリ子を撫でていた。

「グリ子、ノエラのここ、入る」

「きゅ」

ノエラは鞄の外ポケットにグリ子を押し込んだ。

【小さな巨人】はいくつかあるし、これでしばらくは大丈夫だろう。

準備が整ったおれたちは、いよいよ王都の城門を目指して茜色に染まる街道を歩く。

城門前で門兵に通行手形を見せると、あっさりと通してもらい、門をくぐり城下町へやってきた。

右を見ても左を見ても建物ばかり。

商店がずらりと並んでいて、様々な物を売っていた。

「おっきい……！　いっぱいある！」

走り出そうとしたノエラに待ったをかけた。

「ちょい待ち。迷子になるから」

「ノエラ、迷子ならない」

「すげー自信だな」

「あるじのにおい、すぐわかる」

人狼様のスペック舐めてたわ。

「お金は？」

「るっ……」

一応ノエラも財布は持ってきていて、中を覗いて確認をしていた。

ミナが作ったお手製の財布には、三〇〇リンと少し入っているのがこちらから見えた。

「あるじ、お小遣い……」

両手を受け皿のようにして、ちょうだいのポーズをするノエラ。

ひょこっと顔を出したグリ子がじっと様子を見守っている。

「ちょっとだけだぞ」

「るーっ！　あるじ、話がわかる男」

「はいはい。ありがと」

一千リンの紙幣を一枚渡すと、飛び跳ねるようにしてノエラは商店をあれこれ見はじめた。

念のため、ノエラが視界に入るようにおれも移動をする。

向こうの世界の都会で生活していたことがあるおれにとっては、こういった人の多い場所には慣れている。もしかすると、ミナは苦手だったのかもしれない。

バルガス伯爵との待ち合わせもあるから、ノエラをある程度のところで連れて行かないと。

日本とはまた違う繁華街って感じで、見ているだけでも楽しい。

国の様々なところから仕入れて来たであろう工芸品や服。見慣れない形をした武器や防具。ちょっと効果の怪しい薬屋なんてのもあった。

ノエラの様子をちらちらと窺っているけど、でっかい肉の塊をいくつか串刺しにした肉串を片手に持って、もちゃもちゃと食べながら、同じものを追加で買おうとしている。

「全部一緒かよ」

ノエラは、色んなものを食べたいんじゃないんだ。

それだけ気に入ったってことかな。

二本の肉串を持って、ノエラは移動をはじめる。城内の簡単な地図を執事のレーンさんにもらっているので、おおよその現在地はわかった。

ちょうどノエラが向かっている方角が、待ち合わせ場所に指定された噴水のある中央広場のほうだ。

都合がいいので、おれもあとをついていく。

武器屋さんの前で、剣に目移りをし、槍を握り、隣の防具屋さんでヘルメットを被るノエラ。

人種や種族は様々なので、店主のおっちゃんたちもノエラを奇異の目で見ることはなく、微笑ましそうに見守っていた。

やがて、商店が並んだ通りを抜け、待ち合わせ場所の中央広場へやってきた。

目印となる噴水のそばに、馬車とバルガス伯爵とエレインを見かけた。

他のことに気が散っているノエラが気づくはずもなく、またどこかへ行こうとするところを

捕まえて、エレインたちのところへ歩み寄った。

「レイジ殿、長旅ご苦労であったな」

「いえいえ。伯爵も道中お疲れ様でした。今回はお誘いいただきありがとうございます」

もちゃもちゃ、とノエラは肉串を食べることに集中していた。

「ノエラさん、何ですのそれ」

「肉。柔らかい。ノエラ、好き」

「わたくしもひと口食べたいですわ」

「ノエラ、お小遣いで買った。マキマキも自分で買う」

何で厳しいんだよ。

まあ、貴族なんだからそれくらい買えるんだろうけど。

「いいですわ。あとで爺に買ってきてもらいます」

後ろに控えていたレーンさんに、エレインはさっそく肉串を買ってくるように申しつけていた。

「今日は疲れたであろう。町を見て回るのは明日にして、宿で休むといい」

宿ってさっきの通りにはなかったよな。

じゃ、どこに……。

地図を開いて確認しようとすると、バルガス伯爵が笑った。

「ハハハ。レイジ殿。宿はすでに手配してある。安心してほしい」

「ありがとうございます。助かります」

レーンさんが肉串を手に帰ってくると、その宿の場所を教えてもらう。

エレインとノエラが肉串に夢中になっているのを確認したバルガス伯爵は、こそっと口を寄せてささやいた。

「ちゃんねえのいるムフフな店も手配できるが……？」

キャバクラ的な……？

レーンさんを見ると、うなずいてこう言う。

「紳士の嗜みかと」

「んー、ノエラもいますし、今回は遠慮させてください」

そう言って断っておいた。

手持ちがなくなりそうだし、苦手なんだよな、ああいうところって。

エレインたちは晩餐会に招かれた賓客という扱いになるので、王城内にある離宮で寝泊りできるらしい。

城の中ってどんな感じなんだろう。

明日話を訊いてみよう。そっちのほうが、ちゃんねえより興味がある。


レーンさんに場所を教えてもらい、おれとノエラは宿へやってきた。

この一帯が宿になっているようで、通りにある宿屋の大半は一階が飲み屋となっていた。

見た感じ、手配してもらった宿はここらへんでも一番いい宿のようで、受付もおっちゃん店主ではなく壮年の紳士で、話が通っていたおかげでテキパキと受付を済ませられた。

案内をされたのは三階の一室。

ベッドがふたつあり、窓の外に王城が見えるいい感じの部屋だった。

清潔感ばっちりで、二人で泊まるには少し広いんじゃないかってくらいの大きさがある。

「城、見える」

さっそく窓の外にノエラがかじりついていた。

ベッドに座ってみると、ふわっとしていておれを優しく受け止めてくれる。

あ。そうだ。グリ子に【小さな巨人】を飲ませておかないと。

気づいたときには元に戻ってるってことがないようにしないと大騒ぎになる。

「グリ子ー？」

呼ぶと、ノエラの鞄からひょこっと顔を出した。

「お薬の時間」

「きゅお」

飛んだり走ったりしながら、ミニグリ子はおれのほうへとやってくる。

ううん。このサイズ感……やっぱり可愛いな。

よしよし、と撫でて小さくなったクチバシに【小さな巨人】を流し込んでおく。

これでまたしばらくはこのサイズのままだ。

体が小さいおかげか、【小さな巨人】を全部飲む必要はなさそうだった。

窓の外を見ながら、尻尾をフリフリしているノエラ。

よっぽど飽きないらしい。

「ミナも来ればよかったのにな」

「る」

たしかに、と相槌を打つようにノエラはうなずく。

「エジルいれば、店、大丈夫」

「お？　ノエラ、エジルのことを認めてるんだ？」

「る……」

痛いところを突かれたらしく、ノエラは微妙そうな顔をする。

「ミナ以外だと、あるじ、一番頼ってる」

まあ、そうだな。

ミナは家事や店のことなら何でもできるし、エジルはやや癖があるけど、店のことに関しては優秀な店員だ。魔王だけど。

「あるじ、ノエラをもっと頼る」

「もっと真面目に働いてくれたらいいんだけどなー？」

「ノエラ、精一杯やってる」

ときどき寝てるのは精一杯なのか？

のんびり話をしていると、日が暮れてどんどん暗くなっていった。

ギューン、と変な音がする。

ノエラの腹の音だ。

もう慣れてしまって全然驚かなくなった。

「あるじ、ご飯」

「そうだな。ここだとちょっと高そうだから、開いている店でお手頃なところに入ろうか」

「るっ」

さっき肉串食べたのに、もう腹が減ったのか。

けど全然太らないのは、以前ノエラが言ったみたいに体質なんだろうな。

グリ子を連れていくかどうか迷ったけど、万が一元に戻ってはいけないので、連れていくことにして、おれたちは宿屋をあとにした。

9　いなくなった珍獣

　夕方から夜になると、通りはさっきよりも騒がしくなり、どの店も笑い声や話し声がよく聞こえてくる。

「ノエラ、何食べたい？」

「全部」

「そうなるとおれの財布がもたないから」

「何でもいい」

　数日の滞在ってことを考えると、初日の夜はなるべく安めのところにしたほうがいいだろう。

　覗いた店のひとつに決めて、中に入る。

　大衆向けのお店は旅人らしき人や近所のおっちゃんや冒険者風の人たちで溢れていた。

　案内されたテーブル席に着き、いくつか注文をしていった。

　料理が運ばれ、それを食べていると、店の端に小さなステージのようなものがあるのがわかった。

「あれは……」

　ステージって言っても、段差ほどの高さしかない。

「兄ちゃん、旅の人か」

そばの席にいたおっちゃんが声をかけてきた。

かなり酒が入っているらしく頬が赤い。

「はい。今日この町についたばかりで」

「運がいいな。たしか今日だったはずだ」

「今日？」

おれが首をかしげていると、おっちゃんが指差した。

「ほれ。お出ましだ」

派手な衣装に身を包んだ女の人が、脇から出てくるとステージに立った。

髪飾りに派手な化粧をしていた。スカートのスリットが腰のあたりまで入っており、白い足ががっつり見えている。くびれとへそも露わになっており、全体的に布面積はかなり小さい。

ギターのような弦楽器を持った男の人が隣にやってくると、楽器の演奏をはじめた。それに合わせ、女の人が踊りはじめた。

店の中では指笛が鳴り、みんなが手拍子で打っている。

一種のショーみたいなものらしい。

おれもみんなに合わせて手を鳴らした。

「あるじ。いやらしい目、してる」

「してねえよ」

田舎のカルタの町でそんな見世物はないから、珍しくてついまじまじと見てしまう。

はぐ、あぐ、と皿の肉にフォークを突き刺すノエラは、ハムスターみたいには口をパンパンにしていた。

踊り子はステージを降りて、店の客を誘って踊ったり、ときには煽ったりして場を盛り上げている。

客が踊り子にチップを払っていく。

胸や腰のあたりにお札を差し込んでいる。

日本にはないだけで、海外とかだと当たり前なんだよな。

じゃ、おれもちょっと払おう。

踊り子が近づいてくると、財布から紙幣を一枚抜き取って準備をしておく。

おれが渡そうとすると、胸と腰をやたらと強調してきた。

ああ、そこに入れろってこと……？

たぶんおれがわかったことが伝わったらしく、ぱちんとウインクをされた。

みんなやってたことだけど、いざ自分がとなるとなんか恥ずかしいな……。

ちゃんねえの店に行かなくて正解だったな、とつくづく思う。

「るう……！」

おれが持っているお金をノエラが奪うと、おれの代わりにチップを踊り子の胸に押し込んだ。

一瞬驚くような顔をした彼女だったけど、微笑して別のテーブルのほうへ行ってしまった。

「あるじ。鼻伸ばす、ダメ！」

ぷーっとノエラはめちゃくちゃ膨れていた。

「伸ばしてないよ」

「伸びた。いっぱい」

そうかな……？

それからしばらくするとショーが終わり、目が合った踊り子にまたウインクをされた。

「るッ」

キッとノエラがすぐに睨み返した。

やめなさい。

「グリ子用にご飯をいくつか持って帰ってあげよう」

テーブルの上で食べさせるとミニグリフォンがいることがバレてしまう。

「グリー」

ノエラが鞄を漁る。

「る？」

首をかしげて、またがさごそとやる。

「…………あるじ、グリ子、いない」

「え？」

おれもノエラの鞄を見てみるけど、さっきまでいたはずのグリ子はいない。

「グリ子が迷子に……？」

いい子だから勝手にどこかに行くとは考えづらい。

「さっ、ささささ、さらわれたのでは!?」

口調が変わるほどノエラが焦っていた。

「さらわれたってそんな大げさな……」

テーブルの下を覗いても、ミニグリフォンは見当たらない。ついでに周囲の床を見回すけど、そんな珍獣を見つけることはできなかった。

隠れるわけもないし……逃げることも考えにくい……。

「ささ、さ、ま、マジでさらわれたのでは!?」

「ノエラ、それ、さっきから言ってる」

ビシビシ、とノエラが人差し指をつきつけてくる。

隣のテーブルにいたおっちゃんに訊こうにももう店を出てしまっているし……。

「あ、あるじが、鼻の下伸ばしている間に、グリ子が……！」

「おれのそれとは関係ないだろ。で、伸ばしてねえんだよ」

お互いパニックだった。

参ったな……。

おれが鳴き声を出すなとか翼をバタバタさせるなって言いつけたせいだ。

普通なら、もし誰かに連れていかれそうになったら、鳴いたり翼を使って抵抗しただろうに……。

「グリ子、どこに……」

「るう、グリ子……」

あんな珍獣、売り飛ばせば高値がつくに決まっている。

じきに薬が切れて元に戻るんだろうけど、売れると踏んでグリ子をさらう悪党がいないとも限らない。

「こういうのは、だいたいノエラのはずなのに」

ぷく、っとノエラが怒った。

「あるじ、ノエラ、さらわれない」

そうなんだけど、トラブルメーカーって意味だとノエラなんだよなぁ。

膨れているほっぺたをぷにぷにと触っていると、ガタ、と隣の席の椅子が引かれ、綺麗な女の人が座った。

おれと同じ年くらいにも見えるし、もっと若くも見える。

「どうかしたの？」

「あ、いや……ちょっと失くしものを探していて。鞄に入っていたんですけど」

「やだ。もしかしてさっきのアレかしら……」

「アレ？」

この子、何かを見ているのか。

手がかりゼロなので、ちょっとしたことでもありがたい。

「そう。さっきこのテーブルに来たときに、ここに座っていたおじさんがいたでしょ」

「来たとき……?」

あ。この人、さっきの踊り子さんだ。

服装も化粧も違うから全然わからなかった。

「そのおじさん、こっちを全然見てないからおかしいなって思って。こっちのほうを見ていたから、もしかすると鞄を見ていたのかも」

こっち、と指を差したのは、まさしくさっきまでノエラが鞄を置いていた場所だった。

「ノエラ」

「る。任せる」

ふがふが、とノエラはグリ子がいた場所のにおいを確認し、鼻を使って周囲のにおいを嗅ぎはじめた。

「あのおっちゃんかグリ子のにおいのどっちかがわかれば――」

「る……、――るるる!　わかた!」

マジかよ。早っ。

「たぶん、一緒」

「あのおっちゃんめ……!」

うちの子をどうしようっていうんだ。

会計を大急ぎで済ませると、踊り子さんが手を振った。

「見つかるといいわね」

「ありがとうございます！　また会ったらそのときにでもお礼させてください」

「ええ。待っているわ」

「あるじ、早く」

ぐいぐい、とノエラに腕を引っ張られ先を急かされた。

「お礼、要らない」

「何でノエラが決めるんだよ。お礼はちゃんとしないと」

むううう、とノエラはむくれている。

もしや、このモフ子、やきもち焼いているのか……？

愛いやつめ。

もふもふもふ、とおれは頭を撫でまわした。

「まず、グリ子、見つける、先」

もっともなことを言われ、おれはにおいに集中するノエラのあとをついていった。

宿屋が軒を連ねた騒がしい通りを抜け、商店通りを脇道に入り……どんどん人けのないほうへとノエラは歩いていく。

「あるじ。におい、濃くなってる」

「近いんだな」

「る」

けど、どうしよう。危ないやつらの取引現場だったら。

「あるじ、ここでにおい、途切れている」

つーことは、この近くで何かあったな?

周囲に人けはない。

ところどころに家の明かりが漏れているだけで、周辺はかなり薄暗い。この近辺だけ、家がかなり粗末だというのがわかる。

「グリ子ー? 出ておいで」

呼んでも出てくる気配はない。

やっぱりおっちゃんに捕まったって考えたほうがいいだろう。

珍獣を見つけたから外に逃がそう——なんて思っているなら、こんなところに来ないだろうし。

「あるじ」

服をぐいっとノエラが引っ張る。

耳元に手を添えて、ノエラは目をつむっていた。

何か聞こえるのか……?

おれも音に集中してみる。

すると、低い男の話し声らしきものが聞こえてきた。

すぐ隣の建物からだ。

足音を殺しながら窓を探し、そっと中を覗いてみる。

男が四人いるのがわかった。

「こりゃ、いい値がつくな」

はっきりとそう聞こえた。

もぞもぞ、と革袋の中で何かが暴れている。

あれだ。

たぶん、グリ子が暴れているんだ。

「いいモン見つけただろ？　五〇〇万でどうだ」

「バカ言え。高すぎる――」

ヤバい。本当に売り飛ばされる瞬間じゃねえか。

「あるじ……！」

「ステイだ、ノエラ。やみくもに突っ込んで取り返せるとは限らない」

おれの力が【創薬】じゃなかったら。

言ってもはじまらない。おれにはこれしかないんだから。

なんかなかったっけ。

こういうときに使えそうな薬……。

おれは、自分の鞄をあれこれ漁って使えそうな薬を探す。

【モンスターポーション】――グリ子に何かあったとき用のポーション……今は要らない。
【スケスケスケール】――グリ子を隠すために持ってきたものだから今は要らない。
【トランスレイターDX】――グリ子と意思疎通をさせるための薬だ。
【浄水薬】――ミナが王都の水が合わないかもしれないからと持たせてくれたものだ。
【腹痛薬】――ミナが心配して持たせてくれたものだ。
【超強力接着剤】――ああ、何かが壊れたときの応急処置のためにミナが入れたんだっけ。

多すぎる！

あと数種類持ってきたけど、いくつか宿に置いてきちゃったな……。

どれも使えなさそ……あ、これならいけるかも。


「あるじ、早く。グリ子、連れていかれる」

「ノエラ、作戦を思いついた」

「る!?　作戦……!?　悪いヤツ、やっつける？」

「ううん、やっつけはしないかな。これならグリ子を安全に助けられるはずだ」

おれは声を潜めながらノエラに作戦を伝えた。

「る。わかた。任せる」

ノエラの体が光り、狼バージョンに変身した。

おれも準備のために持ってきた薬を二種類飲んでおく。

「ワォォォ！」

ノエラが遠吠えをすると、助走をつけて窓を突き破って中に入った。

「な、な、何だ!?」

「犬!?」

突然現れた犬……もとい狼に室内はパニックだった。

「ガウッ！　ワウッ！　グウウウウウ……！」

と吠えているノエラ。

『ノエラ、人狼！　犬、違う！』

めちゃくちゃ怒っていた。

【トランスレイターＤＸ】を飲んだおかげで、狼バージョンになっても何を言っているのかがわかる。

ノエラ的に獣人って言われるのと同じくらい嫌なことらしい。

ぱっと見、デカい犬って言われれば、まあ納得しちゃうもんな。

「ガウウウウウウウ！　ワォウ！」

牙を見せて唸るノエラを見て、みんな腰が引けていた。

シッシ、と手であっちいけとやっている。

二人がナイフを構えているけど、俊敏な狼にそれがどこまで通じるかは怪しい。

「お、追い払うんだ！」

室内はパニック状態。

男の一人が、ノエラを外に逃がそうと正面の扉を開けた。

よし。予想通り。

おれは普通に歩いて正面から中に入る。

「――うわぁああ⁉」

「か、噛まれるっ⁉」

「あっちいけ、あっちに！」

もうおれどころの騒ぎじゃないな。

つっても、【スケスケスケール】を飲んでいるから、おれが変に声を上げたりしない限りバレないはず――。

肝心のグリ子が入っている革袋を探すと、棚の上に置いてあった。

さっきまで例のおっちゃんが持っていたけど、ノエラを追い払うために、モップを掴んで振り回しはじめた。そのときに一旦棚に置いたようだ。

おれの言いつけを守って、まだ鳴き声ひとつ上げないグリ子は、もぞもぞと革袋の中で動いている。

よしよし。男たちは誰もこっちを気にしてないな。

革袋の口を縛っていたひもを解き中を確認すると、思った通りミニグリ子が入っていた。

「グリ子、助けにきたぞ」

こそっと声をかける。

『ご主人様の声……？』

くりくり、と小鳥のようにグリ子は首をかしげている。

「あいつらにバレないように姿を消してるんだ。逃げるぞ。大人しくしてろよ」

『わかりました！』

革袋からグリ子を出し、見つからないように足をしのばせ、出口へと向かう。

ノエラは絶好調。

お尻に噛みついたり、引っかいたり、大立ち回りだった。

……うん。おれがグリ子を助けるまで気を引けって言ったんだけど、もうあれは犬って呼ばれてシンプルに怒ってるな？

作戦とか完全に忘れてそう。

「なんてことしやがる、この犬公！」

『ノエラ、犬、違うッ！』

ナイフをかいくぐり、ノエラが腕に噛みついた。

「うぎゃぁあああ!?」

「ガウウ、ウウウウウウ！」

作戦ちゃんと覚えてるかな。

めちゃくちゃ心配なんだけど。

足止め用に【超強力接着剤】を扉のノブにたっぷり塗る。ついでに扉の枠にも。

ドアノブを触った瞬間、手が離れなくなるはずだ。そのあともしばらく扉はくっついていてビクともしないだろう。

「グリ子、ぱたぱたしてくれ」

『了解しました……！』

ぱたぱた、とグリ子が翼を動かす。

このにおいで出入口にグリ子がいることにノエラは気づいてくれるはず。

はず。

なんだけど。

『犬、違う！　ノエラ、人狼！』

あ。これダメなパターンだ。

一回だけ名前を呼ぼう。

「ノエラ」

「ガルルルルル……！　……るっ？」

あ。気づいた。

もう一度グリ子にぱたぱたしてもらうと、ノエラは鼻をすんすんと鳴らした。

作戦を思い出したノエラは出口のあるこっちへ駆けてくる。外へ飛び出したのを確認して、おれも外に出て扉を閉めた。

『あるじ、どこ』

「ここにいるよ。見えないだろうけど」

『ノエラ、においでわかる』

ノエラは顔を上に向ける。ちゃんと目が合った。

『教官、グリはここです』

きゅお、きゅきゅきゅ、と飛んでいったグリ子は、ノエラの背に乗った。

おお。いつもと逆パターンだ。

『グリ子、無事。よかった』

『どうなるかと思いましたぁ……』

「さっさと逃げよう」

二頭を促していると、あの建物の中から話し声が聞こえてきた。

「さっきのミニグリフォンがいねえ!?」

「探せ！」

「さっきのドタバタで外に逃げたんじゃや――」

「あれ、扉が開かねえぞ？　う、うわぁあ!?　手が離れねぇ!?」

「何やってんだ、どけよ！」

「無理だ！　全然とれねえ！」

「くッ、開かねえ！　どうなってんだ！」

よし、上手く足止めできているみたいだな。

これでしばらくあの建物からは出てこられないだろう。

悠々とおれたちはその場を立ち去ることができ、グリ子を取り返すことに成功した。

『グリ、怖かったです……』

うるうる、とグリ子が目をうるませ泣いている。小さな頭をよしよしと撫でてあげる。

「ごめんな。おれたちが不注意だったばっかりに」

ノエラが狼モードから人型に戻った。おれの姿も元に戻った。

「ノエラ、ご飯に夢中。グリのこと、忘れてた」

反省はしているらしいノエラ。

『教官、グリのこと、忘れてたんですね……それが一番傷つきます……』

グリ子の体を見せてもらったけど、幸いどこも怪我はないようだった。

これからどこかへ売り飛ばそうとしていたおかげで、乱暴に扱われずに済んだんだろう。

念のため【モンスターポーション】を飲ませておいた。

「王都は危険がいっぱいだな」

「るう……」

神妙な顔でノエラも同意している。

『ご主人様が助けてくれると、グリ信じていました』

おれへの信頼度がやけに高いグリ子だった。

「ノエラもグリを助けるために頑張ったもんな」

「そう。ノエラ、あの男たち、嫌い。ヒドいこと、言われた」

犬発言ね。

グリ子をさらったとかよりも、そっちのほうがよっぽど業腹だったらしい。

あいつらを成敗してやりたいところだけど、おれには難しい。

ノエラが噛みついたり引っかいたりしたから、それでもう十分だろう。

扉を開けようとしたやつも、しばらく手がノブから離れないだろうし。

無事に宿へ戻ったおれたちは、一階の食堂でグリ子用に肉料理を買い、部屋で食べさせることにした。

バルガス伯爵が手配してくれた宿の一階なので、おれたちが飲み食いした額とほぼ同じくらいの値段だった。怖い思いをしたんだから、これくらいの食事はさせてあげよう。

『お肉、美味しいです……』

ガツガツ、とグリ子がクチバシで肉をつつく隣で、ノエラがじゅるり、とよだれを垂らしながらうらやましそうに食事を見守っていた。

10　仮面の下は

翌朝、おれとノエラはバルガス伯爵とエレインの二人と待ち合わせの場所へ向かう。

昨日の夜はグリ子が誘拐されて大変だったせいか、寝そうになかったノエラがあっさりと眠った。

そのおかげで、おれも十分な睡眠が取れて、気分は爽快だ。

グリ子は留守番。

【小さな巨人】も飲ませてある。

また誘拐する輩が出てこないとも限らないので、部屋で待機してもらうことになったのだ。

異常が起きたときは、鳴き声を上げてもいいし、ばさばさと翼を動かして逃げてもいいと言いつけておいた。

すでに待っていたエレインたちに朝の挨拶を済ませ、用意してくれている馬車へ乗り込んだ。

「レイジ殿、昨晩はよく眠れたかい？」

「はい。すごくいいベッドで、宿泊費もありがとうございます」

「いやいや、日頃世話になっているのはこちらのほう。その感謝の印だと思ってほしい」

「ありがとうございます」

ノエラとエレインは、馬車から見える外の景色に夢中だった。

「あそこが、お洋服屋さんですのよ」

「る」

「あちらへいけば、国一番と呼ばれる靴屋さんがありますの」

「る」

洋服や靴には全然興味がなさそうなノエラだけど、今日ばかりは相槌代わりに尻尾を振っていた。

おほん、とバルガス伯爵が咳払いをする。

「今晩、仮面舞踏会がある。レイジ殿もいかがだろう」

「仮面舞踏会？」

「うむ。昨晩、晩餐会で集まった貴族たちとそれぞれが招待した者に限るのだが」

誰かわからないようにしてパーティを楽しむってことか。

粗相がないように努力するけど、もしそうなっても、おれがどこの誰かわからないしバルガス伯爵にも迷惑がかからない……。

それなら、行ってもいいかな。

どんな雰囲気なのか、観光がてら覗いてみたい。

「それじゃあ、お願いします」

「うむ。仮面はいくつかこちらで用意しよう。好きなものを選んでくれたまえ、何の心配も要らん。レイジ殿はただ楽しんでくれればいいのだ」

向こうからのお誘いを断り続けるのもなんか気が引けるし、ちょっと気になるからちょうどよかった。

ギューン、とノエラの腹が鳴る。エレインがくすくすと笑った。

「もうすぐしたら着きますわよ」

朝食を抜くように、と昨日あらかじめ言われていたのだ。

「王都へ来た際は、必ずといっていいほど立ち寄っているカッフェがある。そこで朝食を食べる予定だ」

カッフェ……？

カフェをこっちではそう呼ぶのかな。

御者が手綱を引くと馬車が止まった。

すぐ脇には、一見して高貴な方々がお茶をしているテラス席があり、その奥にはいくつも席があり、みんな上品に食事をしている。

もう間違いなくカフェだ。

それも都会にありそうなチェーン系の大型店舗みたいな感じのやつだ。

「ノエラさん、カッフェに着きましたわよ」

「カッフェ、ノエラ、初」

「パンも食べ放題ですし、果汁のジュースも飲み放題ですのよ。いわゆる『食べ飲みほ』というやつですわ」

ノエラが感激している。

『食べ飲みほ』……！」

現代でもそう略すけど、この世界でもそう略すんだな。

馬車を降りて、店内に入る。

優雅な弦楽器の演奏が聞こえてくる。音楽再生機なんてないから、どこかで誰かが弾いているんだろう。

周囲を見回すと、端で五人がそれぞれの楽器を演奏していた。

完全に貴族やその他上流階級御用達という感じのお店で、庶民のおれからすると少し肩身が狭い。

「希代の錬金術師が何をそんなに縮こまっている」

ハハハ、とバルガス伯爵はおれの背中をバシバシと叩く。

「いや、錬金術師じゃなくて薬師ですってば」

注文を聞きにやってきたウェイターに、バルガス伯爵が、

「いつものものを四人分」

そう言う。

何かわかったのか、ウェイターは、

「かしこまりました」

とだけ言って、店の奥へ去っていった。

「パン食べほ、パン食べほ」

ノエラが繰り返しながら尻尾をぶんぶんと振っていた。

スープとサラダがまず出され、ハムエッグが続いてテーブルに並ぶ。

食べ放題というのは、焼きたてをテーブルまで運んでくれるタイプらしい。

ノエラがもう要らないと意思表示しないので、ウェイターは手持ちのパンをすべて木編みのバスケットに入れることになり、最終的にすべて置いていった。

「るっ♪」

はむはむ、とノエラが凄まじいスピードでパンを食べていく。

周囲から視線を感じる……。

田舎者がはしゃいでるなーって感じの、生温かい視線だ……。

おれは大人なので、パンはほどほどにしておいた。

ノエラの爆食いをバルガス伯爵は諌めることはなく、エレインも楽しそうに見守っていた。

「ノエラさん、そんなに食べるとスイーツが食べられませんわよ？」

「問題ない。ノエラ、入る」

食欲の化身はとどまることを知らないらしい。

パンは焼きたてでどれも美味しい。

果汁のジュースってやつも、絞ったものをそのまま出しているんだろう。これも美味しい。

バルガス伯爵からこの店の話や王都やその近郊についての話を色々と聞きながら朝食をとっ

た。

　このあとは、建国の英雄像を見にいくらしい。

　修学旅行かよ。

　めちゃくちゃ観光って感じのプランだった。

　その英雄像のところでは、博識なレーンさんがあれこれ解説してくれる。ノエラは興味なかったのか、お菓子屋さんをじーっと見つめていた。

　こんなふうに、夕方まで色んなところへ連れて行ってもらった。

「ではレイジ殿。後ほど」

「はい」

　そんなところに行くと思っていなかったから、余所行き程度の服しか持っていなかったけど、バルガス伯爵が手配してくれるらしい。

　至れり尽くせり。ありがとう、バルガス伯爵。

　もしエレインと喧嘩したときは、無条件で一回だけ味方になります。

　おれは心の中でそう誓った。

「あるじ、夜、どこ行く？」

「大人の社交場にちょっとな」

「ノエラ、行ってみたい」

「ノエラが来てもつまんないと思うぞ？」

「るう」

納得いかなさそうな顔をするノエラだった。

エレインも参加しないらしい。この部屋へやってくるとさっき言っていたので、二人で遊ぶんだろう。

それはそれでノエラも楽しく過ごせそうだ。

宿の部屋でしばらく休んでいると、時間になったようで執事のレーンさんが迎えに来てくれた。

馬車の窓からは仮面をつけたバルガス伯爵が小さく手を振っている。

「わざわざお迎えまでありがとうございます」

「いやいや、構わんよ。さて、レイジ殿。レーンに仮面と正装をいくつか準備させた。選んでくれたまえ」

四着ほどが空席に置いてあり、おれはその中から無難そうな暗いグレー系のスーツとそれに合うシャツとネクタイと仮面を選んだ。

移動中にもぞもぞと着替えさせてもらい、おれは仮面を装着した。

「ははは。いいじゃないか、レイジ殿。似合っているぞ」

鏡を見せてもらった。

うん。悪くない。めちゃくちゃ無難。これなら変に目立たないだろう。

バルガス伯爵曰く、公爵家の別荘でその舞踏会は行われるらしい。

別荘っていっても、おれが思っているような感じのやつじゃないんだろうなぁ。

それらしき家の門から中に入り、玄関までの長ーい前庭を馬車で通過する。

遠くに大きな屋敷が見えた。

「あそこが丸ごと会場だ」

その屋敷を指差してバルガス伯爵は言う。

でかっ。

旅館風に言うと、あれは宴会場みたいな場所らしい。

いやいや、それにしてもでかすぎるだろ。

何ならバルガス伯爵の屋敷より大きいんじゃないか？

参加者らしき人たちがちらほらと見えた。

みんな正装して仮面を装着している。

馬車が止まり、レーンさんが扉を開けてくれた。

「到着いたしました。どうぞ、お楽しみください、旦那様、レイジ様」

「ありがとうございます。じゃあ、行ってきます」

「では、参ろう」

馬車を降りて意気揚々と歩くバルガス伯爵におれはついていった。

会場は体育館ほど広く、二、三〇〇人くらい簡単に入りそうだった。

こんな中で踊ったり飲み食いしたりするんだな、貴族は。

バルガス伯爵が言うには、貴族が招待している人もいるみたいだから、全員がおれみたいに貴族ってわけでもないらしいけど。

ウェイターがシャレた小さいグラスに入ったお酒をいくつも運んでいる。参加者はそれを自由に取り口へ運んでいた。

おれもひとつもらい、口をつける。

飲みやすいかと言われると、そんなでもないな。

日本人の口にはちょっと合わないみたいだ。

バルガス伯爵は「いい夜を」と言い残し、淑女が談笑している輪に入っていった。

おれにはあんなコミュ力がないから、邪魔にならなそうな隅でみんなを観察しているだけ。

壁際に料理が並び、みんな食事をしたり、談笑をしたりしている。

一人だけ別世界へ紛れ込んでしまったかのような感覚だった。

「あなた、お一人？」

貴婦人に声をかけられた。

「はい、今は。はじめてで、どうにも慣れてなくて」

思わず愛想笑いをしてしまう。

「あら、そうなの。ウブで可愛いわね。一曲いかが？」

白い手袋をした貴婦人が手を差し出してくる。

踊るってこと、だよな……？

おれが困っていると、演奏がはじまった。中央にいた人たちは脇に下がり、男女のペアが中央で優雅に踊りはじめた。

「さ、さ」

促されたおれは手をとり、できもしないダンスを踊ることになった。

「渋っていた割には、上手じゃない」

くすっと貴婦人は笑う。

「そ、そうですか？」

見様見真似でやっていたけど、それはどうやら様になっていたらしい。

笑われることがなくてよかった。

バルガス伯爵も踊っている。

なるほど……おれを連れて来たがったのは、男同士羽を伸ばそうではないかってことか。

ちゃんねえの店も、おれが行くって言ったら案内ついでに一緒に楽しんだんだろう。

たしかに、フラム夫人やエレインには見せられないよな。

演奏が終わると、貴婦人は小さくスカートを広げて挨拶をした。

「ありがとう。お上手だったわよ」

「こちらこそ」

お礼を言ってようやくひと息つく。

ジュースをウェイターから一杯もらい、喉を潤していると、違う貴婦人がやってきた。

「あなた、どこからいらしたの？」

「えと、ここからかなり遠いカルタの町ってところで――」

なんて話をしていると、別の貴婦人もやってきて話に加わった。

「今日のよき出会いにまずは乾杯を」

チンとグラスを軽く合わせる。

二人から質問責めされて答えていると、いつの間にか周囲に貴婦人の数が増えていた。

なんだ。なんだ。

おれに話しかけてくる貴婦人が多くないか？

あちこちから質問が飛んできて、もう目が回りそうだった。

また曲が流れはじめると、貴婦人たちは、我先にとおれのほうへずいずいと手を差し出してくる。

「わたくしと一曲お願いしますわ」

「いえ、先にわたくしと」

「わたくしと、優雅なひと時を楽しみませんこと？」

みんな一人称わたくし。

それ以外ないのかよ。

縦ロール。右を見ても前を見ても左を見ても縦ロール。

縦ロールのバーゲンセール。

「こっちよ」

声が後ろからぼそりと聞こえ、手を掴まれた。

たぶん、さっきまで周囲にはいなかった貴婦人だ。

その人に腕を掴まれたまま外へと連れていかれる。

「ああん、抜け駆けはいけませんわよ」

なんて言葉がいくつか聞こえたけど、その人はお構いなしだった。

会場の外へやってくると、演奏がうっすらと聞こえる会場をその貴婦人は一度振り返る。

「あなたも大変ね」

「ええ。本当に。助かりました。何であんなにおれのところに集まったんだろう……」

ふふふ、と貴婦人は笑う。

「きっと、髪の色よ」

「髪の色？」

何かおかしいかな。

「ええ。ここまで綺麗な黒髪の方はなかなかいないから」

「そうなんですか」

普段全然指摘されないから気がつかなかったけど、言われてみれば黒髪ってカルタの町でも見かけないし、ここでもまだ一人も見かけていない。

じーっと貴婦人はおれを見つめてくる。

「だから、もしかして、と思ったのよ」

「もしかして？」

話が見えず、おれは首をかしげた。

「仮面舞踏会でこれはご法度なのだけれど」

と前置きした貴婦人は仮面を外した。

「あ。昨日の」

酒場で踊っていた踊り子さんだ。

今日の化粧は、妖艶な雰囲気があった踊り子バージョンや隣に座った素朴バージョンとはまた少し違った。

今は、貴族の可憐なお嬢様。そう言えば、誰でも納得するだろう。

「……え？　何でここに」

「ふふ。そんなに驚かないでちょうだい」

「踊り子やってたのに？　貴族……？」

もうさっぱりわからん。

「そういうこともあるでしょう？　あなただって、安い酒場で食事してたじゃない」

「それもそうですけど」

てことは、この人も誰かに招待されて来たってことか……？

「私、ステラ・スターティン。あなたは？」

差し出された手袋に包まれた手を握った。

「僕はレイジです。昨日に続いて、今日も助けられるとは思いませんでしたよ」

「本当に」

手を口元にやって上品にステラは笑う。

おれは昨日の失くしものことグリ子誘拐事件が無事に片付いたことを伝えた。

「本当にありがとうございました」

「どういたしまして。無事に見つかってよかったわね。あと、敬語じゃなくていいわ、レイジ」

じゃあ、遠慮なく。

「ステラに何かお礼をしなくちゃって思ってたんだけど、ちょうどよかった」

「あら。何かしてくれるの？」

「困ったことがあれば、可能な範囲で手助けするよ」

「へぇ。そういうことをしてくれるんだ？」

いたずらっぽい眼差しでおれを流し見るステラ。

昨日から思っていたけど、年はいくつくらいなんだろう。

おれと同じくらいにも見えるし、もっと下にも見える。

いや、態度や落ち着き具合からして、年上の可能性も……。

「パーティに来た目的は達したから、もう帰りたいのよね、私」

目的？　誰かに会って話したかったとか？

「けど、終わるまで馬車が迎えに来ないの。夜のお庭を一緒に散策してちょうだい。それがお礼ってことで」

「そんなことでいいの？」

「ええ」

さあ、とステラはおれを促す。

おれも雰囲気が味わえたから、パーティはもういいかな。

「それじゃあ、お供させてもらうよ」

「行きましょう」

月明りの下でステラは無邪気な笑顔を覗かせた。

迷路みたいに広い中庭をステラと歩く。

ステラは花の名前に詳しく、おれにひとつひとつ教えてくれた。

おれも鑑定スキルがあるから名前はすぐにわかったけど、ステラはよっぽど好きなんだろう。

「レイジ、あなたは普段何をしているの？」

「おれは田舎町の薬屋だよ。薬を作ったりしてるんだ。領主と知り合いで、そのお方が晩餐会に行くからどうだって誘ってくれて、今回ここまで来たんだ」

「そういうことだったの。王都ははじめて?」

「うん」

「人の数が多くて驚いたんじゃない?」

いたずらっぽくステラは笑う。

「田舎者扱いしてるな? 別の都に住んでいたことがあるから、人の数じゃ驚かないよ」

東京のことだけど、数で言うならあっちのほうが段違いに上だ。

けど、人種や種族を目にした数でいえば、こっちのほうが多くて驚くこともあった。

「ふふふ。何をムキになっているのよ」

「君が田舎者扱いするから」

こんなふうに、ステラはおれに興味をもったようだった。

中庭は迷路みたいに複雑で、ようやく戻ってこれたと思ったら、屋敷の別の場所だった、なんてこともあった。

そのたびにおれたちは文句を言った。

「どうしてこんなに無駄に大きいのかしら」

「庭師は何人くらい雇っているんだろう」

おれの発言がおかしかったのか、ステラが笑った。

「そこが気になるの?」

「いや、だって、こんなに広いと花や植物の世話は大変だろうなって思って」

おれも薬草畑をしているから多少管理の大変さを知っている。

「花の名前はどこで覚えたの？」

「花だけじゃなくて、図鑑を読むのが好きだったの。話題に困らなくていいでしょ？」

「なるほど。だから博識なのか」

「慣れてないから、素直に褒められると困るわね……」

照れくさそうにステラは言う。

こんなふうに散歩をするだけでお礼をしたっていうのは、おれの気が収まらない。

何か作ってあげられたらいいんだけど――。

さっき並んでいた料理の食材や果物、お酒などでひとつ作れそうなものを思いついた。

現代では、女性によってはマストアイテムとされるアレだ。

喜んでくれるかわからないけど、何もしないでいるよりはいいだろう。

「厨房ってどこだろう……」

おれはぼそりと言って、巨大な屋敷を窺う。

この規模だ。

中を歩き回って見つかるとも思えない。

舞踏会参加者だとわかるだろうけど、うろついていれば不審にも思われるし……。

困ったな。

「厨房に行きたいの？」

「あ、うん。ちょっとね」

「何かつまみ食い？」

「まあ、そんなところ」

と、おれは目的を濁した。

サプライズっていうことにしておこう。

「食いしん坊ね」

からかうようにステラは言って、指差した。

「あっちよ。厨房は」

「詳しいね」

何度かここに来たことがあるんだろうか。

「お腹が空いたのなら言えばいいのに」

「食べ物もそうだけど、ちょっとやりたいことがあるんだ」

「やりたいこと？」

不思議そうに首をかしげるステラに、おれは何も説明はしなかった。

植物の根や花びらでも作れるようだけど、せっかく綺麗に整えている庭だ。

むやみに他人が触るのはよくないだろう。

おれがつまみ食いに向かうと思っているステラは、食べ物の話をした。

何てことのない雑談だけど、ステラは話上手なのか、聞いていて心地がいい。その上、おれもしゃべれるようにときどき話を振る。

トーク番組のMCかよって思うくらい、話が上手い。

踊り子なのか、貴族の娘なのか……。

けど、エレインを貴族のお嬢様の典型だとすると、ステラは全然違う気がする。

今日来ている貴族の誰かに気に入られて今日ここに呼ばれたってことなんだろうか。

けど、何で厨房の位置まで……？

おれが不思議に思いながらステラについていくと、目的の厨房へやってきた。

「誰もいないわね」

教室くらい広い厨房は、今はがらんとしていて人けがない。

「そんなに長くかからないから」

「当たり前よ。どれだけ食べる気なの」

呆れるようなステラに構わず、おれはあちこちの棚を開けて素材となるものを見つけていく。

五分くらいで集めると、さっそく作業に入った。

すりこぎで細かくしたり、おろし金でおろしたり、果汁を絞ったりする。

「食べるんじゃないの？」

「うん」

いつもの道具がないから勝手が違うけど、巨大厨房に代用品はいくつもあり、そこまで手間取ることはなかった。

「一体何をしているの……？」

空き瓶に素材を入れて混ぜ合わせ、仕上げに振るとフワっと淡い光が漏れ出た。

【ツヤピカネイル：爪に塗る。手元を綺麗に見せる効果がある。速乾効果もある】


「魔法よね、今の」

「魔法っていうか、スキルっていうか」

ハーブが入っている小さな瓶の並びに、空のものを見つけ、おれはそこへできたての【ツヤピカネイル】を移し替えた。

「綺麗……」

赤みがかったベージュ色をしている。

「これがおれの力なんだ。ステラにお礼をしようと思って。これ、あげるよ」

「私に？」

「うん。プレゼント」

「ありがとう！」

人差し指ほどの瓶を渡すと、用途がわかっていないステラは小首をかしげていた。

調理用のハケがあればいいんだけど……、あった！

たぶん、ケーキやパンを焼くときに使うんだろうけど、マジで何でもあるな。

種類も豊富。

大〜極小まで様々なタイプがある。

おれは極小のハケを選ぶと、【ツヤピカネイル】にハケをつける。

「手を」

「あ。うん」

おれが手を出すと、ステラはそこに手を乗せた。

「こうやって使うんだ」

丁寧に爪に塗っていく。

塗ったこともないし、塗られたこともないから上手くできるか不安だったけど、ムラもなく丁寧に塗ることができた。

「こうして使うんだ」

「すごい……綺麗……」

両手を前に突き出して眺めるステラは、目を輝かせている。

今度は指を曲げ、猫の手のようにして近くで眺めた。

「こんな素敵なものを、私がもらってもいいの？」

「うん。ステラのために作ったんだ」

「っ……」

言葉に詰まったようなステラは、顔を赤くした。

「わ、わかったわ。あなた、私をオトそうとしているのね?」

「そんなつもりないよ。お礼だって言っただろ」

苦笑すると、ガチャガチャ、と物音がする。

食器やグラスがぶつかるようなあの音は……たぶん、ウェイターが使用済みの食器やグラスを運んできたんだ。

「あ、ヤバい」

見つかったら何を言われるかわからないぞ。

「こっちよ」

ステラが舞踏会を抜け出したときのように手を引いて、いくつかある出入口から外へ連れ出してくれた。

迷いなく人がいないほうへ出ていき、やっぱり迷うことなく、舞踏会場のそばまで戻ってきた。

「……ステラは、この家の人なの?」

「違うわよ。だったら踊り子なんてしてないもの」

「じゃあ、一体」

舞踏会はもう終わったらしく、ぞろぞろと仮面をつけた紳士と淑女が出てきているところだった。

「もう終わりなのね……」

寂しげに言うと、ステラはぎゅっとおれに抱き着いてきた。

「うわあ!?」

「何よ、これくらいで」

「いきなりするから、びっくりしたんだよ」

「ありがとう。あの薬、大切にするわ」

「大切にしなくてもいいよ。なくなったら、店に来て」

意外な返事だったのか、ステラが顔を上げた。

「……いいの？」

「もちろん。今度はお金をとるけどね」

「ケチな人」

いたずらっぽくステラはむくれてみせると、おれは肩をすくめた。

「こっちもそういう仕事だから」

「もう行かなくちゃ……」

ステラが背伸びをすると、つん、と唇が頰に触れた。

「お礼のお礼よ」

耳元でそっとステラはつぶやくと、おれから離れて歩き出す。一度名残惜しそうにこちらを振り返って手を振った。

「楽しかったわ。ありがとう！」

おれも手を振り返す。

「またな、ステラ」

おれは仮面の人たちにまぎれて見えなくなるまでステラの背中を見送った。

11　お土産と彼女のこと

みんなにお土産を買おうと、おれとノエラは王都の繁華街へ繰り出した。

仮面舞踏会があった昨夜は、バルガス伯爵に宿まで馬車で送ってもらった。

あとはお土産を買って帰るだけ。

本当に、ただの観光だったなぁ。

「あるじ、これほしい！」

ウキウキなノエラが目を輝かせながら、武器屋に置いてある死神が持ってそうなでっかい鎌を指差した。

「ノエラがほしいものを買うんじゃないんだよ」

「るう？」

お土産が何なのかよくわかってないらしい。

昨日帰ったあとは、すぐに風呂に入るようにノエラから言われた。

どうやら様々なにおいが混じっていて、ノエラ的には不快だったようだ。

「あるじ、女の人、くっついた？」

「くっついてないよ」

と、おれはとっさに嘘をついた。

ていうのも、この質問が昨日から何度も続いているからだ。

敏感なノエラは知らない女の人のにおいがよっぽど嫌らしい。

それもあって、さっさと風呂に入ってほしかったんだろう。

「ミナは何がいいかな」

人通りの多い繁華街。

はぐれないようにおれとノエラは手を繋いでいた。

「ミナ、何でも喜ぶ」

「そうだといいけどな」

「チョロい女」

「どこで覚えたんだ、そんな言葉」

お土産を買うのはミナだけじゃなく、エジルにビビ、あとはアナベルさんにポーラ。思いつくところではこんなところだ。

武器屋の短刀が並んでいるところに、二本ほど包丁があった。

「これいいかも」

「お。あんちゃん、この包丁に目をつけるたぁ、なかなかだね」

店主のおっちゃんが褒めてくれた。

どこそこの鉄でどこそこの職人が作ったらしい。

地名や人名に興味がなかったから、名前が全然覚えられなかった。

「試してみてもいいですか？」

「あいよ」

おれは片方を手にとった。

粗末な紙を渡されたので、手に持ったまま包丁で切ってみる。

刃がすっと入った。

そのまま引くようにして切っていくと、滑らかに切れる。

「おぉ……気持ちいい」

「だろ？」

おっちゃんは、自分が褒められたみたいに喜んでいた。

「いい品ですね」

「仕入れたかいがあるよ。目のつけどころがいいあんちゃんみたいな人に褒められると」

いやいや、とおれは謙遜をする。

紙以外にもいくつか試し切りさせてもらった。肉の切れはしやしなびた野菜の切れはし。

どれも今使っている包丁以上によく切れた。

「ノエラ、ミナのお土産これにしようかと思うんだけど」

あれ。いねえ。あのモフ子どこへ……？

あたりを見回していると、小人族用の小型の防具を着込んだノエラが、難しい顔で首を振っている。

「どうだい、お嬢ちゃん」

「るう。よくない。尻尾、窮屈」

「そりゃそうだ。獣人のために作られた品じゃねえから」

あ。地雷踏んだ。

「ノエラ、獣人違う！　人狼！」

「そんなに怒るなよ。似たようなもんだろ？」

「るぅぅぅ！」

ぷんこ、ぷんこ、と怒ったノエラが地団駄を踏んでいる。

やれやれ、とおれは店主とノエラの間に入った。

「すみません、うちのモフモフが」

「兄さんのとこの子かい？　頼むぜ、おい。着させてほしいってしつこいから……」

「すみません、本当に……」

ぺこぺこ、とおれは謝った。

「ノエラ。買わないから脱ぎなさい。試着なんてして、このモフ子は」

「あるじ、ノエラ決めた。これ買う」

「窮屈ってさっき聞こえたけど」

「ノエラ、これあれば、強い。カッコいい」

尻尾の窮屈さよりも見栄えを選んだらしい。

「強くてもカッコよくても買わないからな」

「るうううううう。あるじ、ケチ」

「今はみんなのお土産を買う時間だから。ノエラの防具を選ぶ時間じゃないんだよ」

真新しいものを見つけるとすぐこうなるな、ノエラは。

ポーラの道具屋でも、新入荷したものは必ずノエラは触る。

あの店の商品でノエラが触ってないものはないんじゃないかってくらいだ。

嫌がるノエラを捕まえて、おれは店主と二人がかりで防具を脱がせた。

脱いだあと、防具はノエラの毛だらけだったので、おれは迷惑料を少し払ってその場をどうにか収めることにした。

ノエラは獣人扱いをされたことも、獣人と大して変わらないっていう発言にも、防具を買ってもらえなかったことも、全部不満そうだった。

「ノエラ、強くなる、いつ」

「強くなる必要ないんだよ、ノエラは」

戦隊ヒーローものに熱中する男の子かよ、おまえは。

ノエラがこうなので、結局お土産は相談することなく、おれ一人で選んだ。

ずーっとノエラがご機嫌斜めで膨れているので、初日で気に入った肉串を二本買ってあげることにした。

「あるじ、わかる男」

秒で態度を一変させるノエラだった。

グリ子はというと、【スケスケスケール】も【小さな巨人】も手持ち分を切らしてしまったので、昨夜から城外で待ってもらっている。

おれが持ってきていた鞄はお土産でパンパンになり、他にも大袋を二つほどの買い物をした。

荷物の半分はお土産で、もう半分は気になった薬や珍しい素材だ。

「楽しかったな、王都」

「るっ」

肉串のタレを口の横につけるノエラは、満足そうにうなずいた。

ノエラは、食ってばっかりだったけどな。

城外への道を歩いていると、カゴを持った頭巾を被った町娘とすれ違う。

「また会いに行くわ」

ん？

立ち止まって、おれは思わず振り返った。

ひとり言……？

首をかしげていると、町娘はカゴを引っかけた腕を少し曲げ、後ろから手が見えるようにした。

あ。

昨日の【ツヤピカネイル】――。

爪には、綺麗な赤ベージュ色をしたネイルが施されている。

落ちることもなく色あせてもいないようだった。

「あるじ、どした」

急に立ち止まったおれをノエラが不思議そうに見上げた。

「ううん。何でもない」

首を振っておれは歩き出した。


「あ～～～！　包丁ですぅ～～！　レイジさん、ありがとうございます！」

帰ってくると、おれはミナにお土産の包丁を渡した。

「こんなに喜んでくれるなら、選んだかいがあったよ。今のよりは切りやすいと思うよ」

包丁の入った箱を胸に抱いて、ミナは嬉しさいっぱいで何度か小さくジャンプしていた。

「嬉しいです！」

今日シフトに入っているエジルとビビがそわそわしながら、おれのほうをチラ見してくる。

うわ、待ってる、待ってる。

自分にもお土産あるかもって期待と不安の顔をしている。

まるでバレンタインデーの男子みたいな顔だ。

「エジル――」

「はいッ！　はいはいはい、はいッ！」

いい返事だなー。

めちゃくちゃ呼ばれるの待ってたな。

「エジルのお土産は、これな」

おれは小さな工芸品を渡した。

一見すればキツネか何かの獣の尻尾。

けど、勘のいいエジルは、ピキーンと察したようだった。

「せ、先生、何てものを……！」

「これだけじゃないぞ。道中ノエラにずっと持ってもらってたんだ」

「余はこれだけで三か月生きることができます」

エジルのＨＰの最大値が伸びた。

さっそく手に取ったエジルは、フワモフの尻尾の工芸品を頬にあてて「おほ」とか「んふ」

とか気持ち悪い声を上げはじめた。

ときどきにおいを嗅いでは「はぁ～～」と天を仰いでいる。

「れ、レイジくんっ、ボクは、ボクは……？」

もう気になりすぎてビビが直接訊いてきた。

「な、何でもいいんだ。ボク、嬉しいから。そんなふうに何か買ってきてもらうことってなかったし……だから、何でもいいんだよ？」

チョコもらえそうにないから、仲がいい女子に義理チョコをねだる男子みたいだな。

「大丈夫大丈夫。ちゃんと買ってきてるから」

「何、何？」

「これ。バッタモンくさいけど」

おれは「妖精のお守り」と書かれた木彫りの彫像を渡した。

「重かったんだよ、これ。いやぁ、運ぶのマジで大変だった」

「あ……うん…………ありがとう…………」

一応お礼を言っているけど、全然喜んでない。目が死んでるし。

「信じる心だぞ、ビビ」

「な――何で妖精なんだよっ。せめて精霊のやつ買ってきてよ！」

「どっちかわからなくなったんだよ」

「んもぉぉぉぉ！　わざとじゃないのが一番傷つくよ！」

と言いつつも、お守りを大事そうにビビは胸に抱いた。

「家の入口とかに置いておくね」

「たぶん妖精が守ってくれるよ」

「精霊にそれ言うかなぁ」

納得いってなさそうだったけど、もらえないよりはいいと判断したんだろう。最終的にビビは笑顔だった。
王都観光から帰ってきたおれは、アナベルさんやポーラにも店に来たついでにお土産を渡していった。

ふと、ステラのことを思い出す。
踊り子で貴族風のご令嬢で町娘の彼女。
妖艶で博識でしゃべりが上手くてとても綺麗な彼女。

現代のアニメにそんなキャラがいたっけ。
悪人じゃないと思いたいけど、実際どうなんだろう。

諜報員とかスパイとか、そんな感じなんだろうな。
大貴族の屋敷内に詳しいし、舞踏会を抜けるときに目的を果たしたとも言っていた。
また来るって言ってたから、もし今度やってきたら彼女自身の話を訊いてみよう。
まあ、絶対に正体は明かさないだろうけど。
【ツヤピカネイル】がなくなるのが、おれは少し楽しみになった。

12　赤猫団の筋トレブーム

「レイジの兄貴、例のやつを」

赤猫団副団長のドズさんが、声を潜めておれに商品を要求してくる。

「あの、ドズさん。何度も言ってますけど、そんな怪しい薬じゃないんで、声を大にして商品名を言ってくれていいんですよ？」

「オレがここに来ているってのが下のやつらにバレたら、何を言われるかわかったもんじゃねえんでさぁ」

副団長も色々とあるらしい。

ドズさんが言う例のやつっていうのは【パワーポーション】のことだ。

通常のポーションとの違いは、筋肉を成長させる要素がこの【パワーポーション】には多く含まれている。

いわゆるプロテイン。それと同じ効果があった。

開発したときは、ノエラやミナがマッチョ化するほど強烈な効果があったけど、どうやら個人差があるようで、ほとんどの人は飲むだけでマッチョ化するなんてことはなかった。

おれは【パワーポーション】――略してパワポを準備しながら、ドズさんに尋ねた。

「どうして部下に見つかるのはよくないんですか？」

別におかしなことでもないだろう。

「兄貴……。これはオレが撒いた種なんですがね、オレが貧弱な部下たちに筋肉でマウントをとってたんでさぁ」

「あぁ……」

たしかに、ドズさんはガタイがいい。パワポがあることを知って愛飲しはじめてからは目に見えて体つきが大きくなり、筋肉もかなりついたと思う。

「マウントなんて取らなくても」

苦笑いするしかない。

「はい。仰る通りで。筋肉ってやつぁ、つけばつくほど、自分の自信になりましてね。それが少しオレの場合いきすぎちまったんでさぁ」

「なるほど」

でも、それがどうしてこそこそパワポを買う理由になるんだろう。

「そんなふうにオレがマウントを取ってくるのが、我慢ならなくなったんでしょう。部下の一人が本気で筋トレをはじめまして」

ははーん。なるほど、話が見えたぞ。

「ドズさんは、このパワポが部下にバレると自分と同じように筋肉がついてしまって、立場的に大きく出られなくなってしまうのを危惧してるんですね」

「はい。その通りでさぁ」

今のところ、パワポを買いにくる赤猫団員はいない。

……というか、パワポを愛飲し続けているのはドズさんしかおらず、他のお客さんが買いにくることはない。

「一人二人ならよかったんですが、大半がオレにマウントを取らせまいと真剣にトレーニングをはじめちまったもんで……」

そして、今赤猫団では空前の筋トレブームなのだという。

驚くことに、これは鍛錬とは別腹らしい。

「いいことじゃないですか。傭兵団で町の警備を担当しているみなさんが体を鍛えるというのは」

「兄貴っ。オレにも立場があるんでさぁ！　負けられねえんです……！」

第一人者のポジションで、しかもアナベルさんに次ぐ地位があるんだ。

そりゃ、下っ端の団員には負けられない、か。

「お願いします、兄貴！　このままじゃ、オレぁ、負けちまう……」

「ていっても……」

ううん、と考えた結果、ひとつ思いついた。

「あ。これなんてどうですか」

【ビッガービッゲスト】をおれは棚からひとつ取り出す。

「これは？」

「文字通り、体が大きくなります」

一度だけ作って、使いどころもかなり限られているので、商品化はしなかった薬だ。飲んだ量に比例する。ビビがこれで一度大きくなったことがある。

「ううん……そういうことじゃないんでさぁ」

「ですよね」

わかってた。わかってたけど、もしかすると、って思って言ってみただけだ。

パワポをいつもの数だけ用意して、ドズさんに渡す。

「また来ます」

ドズさんは巨体をのっしのっし、と揺らしながら去っていった。

副団長っていうのも色々と大変なんだな。

ドズさんが帰ってからしばらくすると、今度はピールがやってきた。

ごしごし、とおれは目をこすって二度見する。

体が、ゴツくなっている。

筋トレブームは、あの貧弱な靴屋の倅にまで及んでいたようだ。

「先生、お久しぶりです」

「もう先生じゃなくていいよ」

いつまで師匠と弟子ごっこ引きずってるんだよ。

「ピール、めちゃくちゃ体つき変わったな」

「はい。トレーニングの賜物です」

「何。近くを通りがかったから挨拶でもしに来てくれたの？」

「いえ。少しお願いがあって来たんです」

もしや……。

「筋肉をデカくする薬を作ってください、先生」

わー。やっぱりだ！

ドズさんの事情を聞いた手前、素直に勧めにくいな……。

パワポのことをドズさんは団員に内緒にしたかったみたいだし……。

普通に考えれば、パワポを売るんだけど……。

「希代の錬金術師と呼ばれる先生になら、作れるはずです！」

もう作ってんだよな。

おれの真横の棚にあるんだよ、パワポが。

「そう言われてもな……」

ううん、とおれは渋るフリをして、どうしたら丸く収まるのか考えた。

パワポがバレると、部下が今以上のマッチョになって立場上困るドズさん。

でも、その部下であるピールはドズさんのようにもっと筋肉を育てたい、という。

ううーん……。

おれと比べても、ピールは色白。でも、発達した筋肉があるのがたしかにわかる。

……………。

あ。

「強そうに見えるんなら、それでもいい？」

「強そうに、見える——!?」

ピールが衝撃を受けている。

強くなりたいって言ってたもんな。

「な、な、何ですか、先生、それは!?」

ぐいっと食いついてきた。

「今よりもそう見えるってだけだから、実際はまた違うよ？」

「構いません！」

ふたつ返事をしたピール。

「よし、わかった。強さを追い求めるピールのために、ひとつ作ってあげよう」

「ありがとうございます」

「じゃあ、ちょっと待ってて」

おれはノエラを呼び出して店番をしばらく任せることにした。

店を離れ創薬室へ入ると、作業に取りかかる。

ドズさんの見栄とか立場のせいでややこしくなったけど、ピールに限った話だと、こっちのほうが気に入ってくれるかもしれない。

【サンフレンズ：紫外線をカットし、より濃く日焼けができる。保湿効果もあるため肌の潤いをたもつ】

マッチョっていえば、もうこれ。

肌が黒いイメージがあった。

おれの勝手な印象だけど、色白よりも色黒のほうが力強さが違う気がする。

【日焼け防止ジェル】も素材のひとつとして入っているから、肌が弱い人でも上手く日焼けができるはず。

よし。ピールのところへ持っていこう。

「狼ちゃん、僕強くなるんだ。先生の薬でね」

「るっ？　強くなる……？」

「うん。先生が今作ってくれているみたいで――」

店のほうからこんな会話が聞こえてきた。

勘違いされちゃ困るので、おれは店に入るなり早々に訂正をする。

「ピール、強くなるんじゃなくて、正しくは強そうに見える、だから」

「見かけ倒し上等です！」

いいのかよ。

「あるじ、それ、強くなる薬?」

ピールのせいでノエラが興味を持ってしまった。

「ええっと、これは獣人には使えない薬なんだ」

「ノエラ、人狼! あるじ、間違う、ダメっ」

ぷん、とノエラが頬を膨らませる。

この反応が可愛いので、ついわざと言ってしまう。

「ごめん、ごめん」

と、おれは謝って膨れた頬を元に戻してもらう。

「できたんですね、先生」

「うん。強そうに見える薬な?」

再度強調するようにおれは言う。

「これを体に塗って、日光を浴びる。それだけ」

「それだけで……?」

不審そうなピール。

ノエラもるう? と首をかしげていた。

「試しにやってみよう」

ピールに上の服を脱いでもらう。筋トレが傭兵団内でのブームだという話通り、腕も腹も胸も肩も彫刻のような筋肉がついている。

「る！　マッチョ」

ムキ、とノエラも筋肉を出そうとするけど、ほんの少ししか出ない。

「へへ。これでも頑張ったんです」

「じゃあ、塗るぞ？」

「お願いします」

おれは【サンフレンズ】をピールの背中に塗っていった。

くすぐったいのか、ときどきピールはビクビクしている。

「せ、先生……ダメです……そんな触り方は……」

「気持ち悪い声出すなよ」

塗り終えると、今度は自分で前のほうを塗ってもらい、ピールに外へ出てもらう。

日光を浴び続ければ、浅黒マッチョのできあがりだ。

「ピール、どうだ？　体に異変はないか？」

「異変はありません。けど、これは……体が、熱い……！」

ピールは自分の両手を見つめている。

「これが強くなる、ということなんですね、先生！」

「日焼けするだけだっての。体が熱いのは日光のせいだから」

新たな力に目覚めたから体が火照ってるってわけじゃないぞ？

「日焼け、強くなる？」

ノエラも不思議そう。

このモフ子はピールが間違ったことを教えてそうだから、改めて説明をしておこう。

「日焼けするだけで強くはならないよ。でも、白いより黒いほうが力強く見えるだろ？」

「るるる……？」

その差がよくわからないらしい。

まあ、おれもぶっちゃけ大してわかってないけど、マッチョが肌を焼くには理由があるはず。

「先生！　僕、日焼けダメなんです！　肌がすぐ赤くなって、何日もそれが残って――」

「大丈夫大丈夫。そうならないための薬でもあるから」

「そ、そうなんですか？」

寝転がったピールは表と裏をこんがりと焼く。

まばたきをする度に、肌の色がじわじわと変わっていた。

これが【サンフレンズ】の効果か。

普通以上に焼けるのが早いんだ。

立ち上がったピールは、すでに色黒。

「日焼けをしたはずなのに、痛くもないし、体が熱くもない……。どうですか、先生」

ニカっと笑うと歯の白さがめちゃくちゃ浮いてみえる。

暗がりに行けば真っ先に姿が見えなくなりそうだ。

「綺麗に焼けてるんじゃないか」

「焼ける、強く見える？」

まだ疑問符を浮かべているノエラに、ピールがムキっと力こぶを作ってみせた。

「るっ!?」

「これは――!?」

ピールが自分でも驚いている。

「強そう！　る、る！　強そう！」

「さっきとの違いは、色白が色黒に変わっただけ。それなのに筋肉ひとつひとつが浮かんでいるように見える」

白かったときはわかりづらかった筋肉の筋が、色黒になったことでよりはっきりと見えるようになっている。

白いときは、ああマッチョだなぁって感じ。

でも今は、バッキバキって感じ。

わかりやすいビフォーアフターだった。

【サンフレンズ】を飲んだだけで、筋肉が成長する、なんてことはない。

「ありがとうございます、先生！　これがあれば、筋肉でマウントを取ってくるドズさんを含め、他の先輩たちに差をつけることができます！」

ぺこり、と一礼をしてピールは【サンフレンズ】を持って意気揚々と帰っていった。

ピールの変貌ぶりを見たら、ドズさん驚くだろうな。あと、おれが手を貸したってことはすぐにバレるだろうなー。
そうなったら、予備で作った一本をあげよう。

13　日焼けといえば

「レイジさん、また新しいお薬ですか？」

手が空いたのか、ミナが店に顔を出した。

「ミナ、黒くなって強く見える！」

ノエラが得意そうに説明をする。

「黒くなって、強く見える、ですか？」

ミナもセリフの前後の繋がりが見えないらしい。

「簡単に言うと日焼けしても赤くなったり痛くなったりしないって言えばいいかな」

【日焼け防止ジェル】とは違うんですね」

「うん。あれはそのままで、日焼けを防止する薬だから。今回のは日焼けができる薬」

意外とミナの食いつきがいい。

ふむふむ、とうなずいている。

「赤くならないし痛くもならない……。レイジさん、わたしもそれ塗ってみたいです！」

「え？」

「ダメでしょうか……？」

「ダメなことはないけど」

ミナは色白が合ってていいと思うんだけど……。ああ、もしかすると、それがコンプレックスだったりするのかもしれない。

ミナは生前、病気がちだったみたいだし。色白イコール病気っていうイメージがあるのかも。

「わたし、日焼けにちょっと憧れていたんです。外で遊んでいるなーってわかるじゃないですか」

おれの予想は当たらずとも遠からずってところかな。

「やってみるといいよ」

「ありがとうございます、レイジさん」

予備に作った一本を渡して、ミナは水着に着替えてくる。

「ノエラさん、背中に塗ってもらえますか?」

「る。任せる」

ノエラは【サンフレンズ】をミナの背中に塗っていく。

「っ～、んっ…………う……」

声を我慢されると、それはそれで、アレだな……。

見てはいけないようなミナの姿を見てしまったようで、おれはすぐに目をそらした。

表側はもう自分で塗り終えているらしく、ミナはしばらく横になって太陽の光を浴びた。

顔も腕も肩もお腹も背中も、ミナはこんがりと焼けていく。

「もういっかなぁー」

ミナが言うと立ち上がって、首を振って自慢の金髪をなびかせる。

ん？　もういっかなぁー……？　ミナらしからぬ口調だ。

こっちを向いたミナは、ピール同様に綺麗に浅黒く焼けている。

「どう？　似合ってね？」

「ミナ……？」

「ずっとこういうのやってみたくてさー、あーしってほら、病弱ガールだったじゃん、生前」


ミナが、黒ギャルになっとる!?


「る!?　み、み、ミナ、グレた!?」

ノエラもびっくり。尻尾がピンと立っている。

「グレるとか、ナニ。ないない。日焼けしただけで。大げさすぎっしょ」

ウケる、とミナは手を叩いている。

ギャルだ。やっぱギャルだ！

「んでさー。外を駆けまわるちびっ子に憧れてたの。ずっとベッドの上から見てて、いいなーって」

日焼けしてみたい動機はわかったけど……いつ戻るんだ……？

「で、飯どーすんべ？　あーし作ってもいいけど」

「ええっと、お願い、できますか」

「りょー」

ギャルだ。

めっちゃギャルだ。

「てかレイジさん何で敬語なわけ？　ウケんだけど」

ウケねーよ。

「悪《わる》ミナ……」

ノエラはギャル化したミナを悪のミナだと思っているらしい。黒は悪のイメージが強いもんな。

「悪ミナ、ミナに体、返すっ！」

「何言ってんの。返すってか、あーしのだし」

眉をひそめるミナ。

ノエラがひるんで、おれの後ろに隠れた。

「え、何、何で隠れるわけ？」

ミナがノエラを覗こうとすると、それに合わせてすすす、とノエラもおれを盾にするようにして逃げる。

「見慣れないから怖いんだと思うよ」

かく言うおれも、まだ見慣れていないから違和感がすごい。

「怖い～？　めちゃカワだと思うんだけどー？」

ミナの美的センスのふり幅、すごいな。

「るう……」

ついにノエラが逃げ出し、廊下を走ってリビングのほうへ行ってしまった。

「ショックなんだけど」

「じきに慣れると思うから、それまでは我慢してあげて」

「りょ」

釈然としてなさそうなミナは、唇を尖らせながらキッチンのほうへ向かった。

ご飯の準備をしてくれるんだろう。

日焼けして口調と肌の色が変わってギャルになったけど、料理スキルまで変わってないはず。

「そのはず……」

心配になって覗いてみると、それは杞憂に終わり、手際よく料理をしている。

よかった、よかった。

ギャルになってもミナはミナだ。

覗いているおれの服をちょんちょんと誰かが引っ張る。

振り返るとノエラがいた。

「あるじ、新しい薬、作る」

「新しい薬？　何の？」

「ミナ、悪魔、取りつかれてる」

ノエラが真剣な顔で言う。

「追い払う。新しい薬。ミナ、このまま、よくない」

ギャル化したミナが嫌っていう気持ちも、わからんでもない。

けどミナ自身は、病弱だった過去があって、ああいう健康的に日に焼けた姿に憧れていたんだ。

それを元に戻してしまうのも、なんだかなぁ。

「じきに元に戻るから、薬を作らなくても大丈夫だよ」

「るぅ……。ノエラ、いつものミナ、好き……」

しゅーん、とノエラの耳が垂れる。

ノエラには、慣れてもらうしかないかな。

日焼けはすぐ元に戻らない。

それこそ新薬を開発すればすぐなんだろうけど、ミナが望んでああなったんだ。

ゆっくり元に戻るだろうし、納得がいくまでその姿でいさせてあげたい。


翌日のことだった。

「ミナ……その姿はどうしたのよ」

エルフのリリカがやってくると、変貌したミナを見て目を剥いていた。

「あー。これー？　レイジさんに、パツイチでこうなる薬作ってもらったんだー。いいっしょ？」

パツイチ……？　あ、一発ってことか。

ふふーん、とミナはご機嫌そうに髪をかき上げて、リリカにポーズを取っている。

いつものミナだと思ったらギャルミナになってるんだから、そりゃ、エルフだって驚くよな。

「――いいじゃない、それ！」

「でっしょー」

ふふん、とミナは嬉しそうに鼻を鳴らした。

お、思わぬ反応だ。

黒ギャルって、そんなにいいのか？

エルフの価値観ではドンピシャなのか――？

「レイジ、エルフでもミナさんみたいになれるかしら……」

「エルフは、どうだろう？」

エルフの肌の色素がどうなるのか、おれにも見当がつかない。

「黒くなっても大丈夫なの？」

いるって話を聞いたことはないけど、ダークエルフになるんじゃ……。

「大丈夫に決まっているわ。ただ日焼けをするだけなんでしょう？」

「そうなんだけど」

それだけじゃない人がいるからなぁ。

ミナのギャル化は、日焼けによって高揚してしまった気分がその原因のような気がする。

……ってことは、リリカもなのか……？

「エルフは、色白が大半で、日差しの強いところに行くと、すぐに日焼けをして赤くなってしまうの」

「それならこれ。【日焼け防止ジェル】」

おれはミスリードを誘ってすぐに【日焼け防止ジェル】を棚から取ってリリカに渡す。

けど、ミスリードは失敗に終わった。

「そうじゃないの。不自然でしょ、日光に当たったのに日焼けしないなんて」

エルフは全員赤くなってしまうだけで、肌が焼けて色黒になることはないらしい。

「リリカは、焼きたいの？」

「…………ええ、そうよ。みんなと同じは嫌なの」

なるほど。同族嫌悪的なところがあるんだな。

中高生くらいのボーイ＆ガールが陥りそうな思考だ。

だからリリカは【日焼け防止ジェル】ではなく【サンフレンズ】がいいのだという。

「怒られても知らねえぞ？」

「リリカさんもやってみるといいじゃん。楽しーよ」

にへへ、とミナは笑う。

ミナにとって色白っていうのは、よっぽどコンプレックスだったんだな。

種族柄、生まれつき色白なリリカにも、同じようなことが言えるのかもしれない。

「色白がコンプレックスって人、意外といるのか……？」

ぼそっと言って首をかしげると、

「いると思うわ」

「そりゃいるっしょ」

リリカにミナが続いた。

ある程度の需要はある、と。

じゃあちょっと商品化してみるか。

「ミナ、この前のやつ余ってる？　リリカに使ってあげて」

「任せろじゃーん♪」

なんか可愛いな、その言い方。

るんるん、とミナは弾むような足取りで中へ行き、瓶を手に戻ってきた。

「リリカさんの背中、塗ったげる」

「ありがとう」

ミナ同様、手の届くところは自分でリリカは塗り、背中のほうはミナが塗っていく。

「やんっ、ちょっと、くすぐったい……もう」

「リリカさん、えろー」

「そんな、私は――」

「レイジさん見てるよ」

「み、見ないでっ」

顔を赤くしながらリリカはおれをむう、と睨む。

おれは両手を上げて顔を背けた。

ギャルとエルフが、きゃっきゃと戯れる声だけが聞こえてくる。

「おっけー。あとはこんがり焼くだけ」

ぐっとミナは親指を立てた。

ギャルになるような効果はないはず――。

ほどなくして、リリカが両面を焼いた。

「え、マジめっちゃ早いんだけどー？　神じゃん、レイジ」

ギャル化しとる⁉

エルフ、ギャルになっとる⁉

リリカは不思議そうに自分を見回して、焼き具合を確認している。

「これで誰にも舐められないっしょ」

へへん、とリリカは得意げに言う。

「リリカさん、マジばっちじゃん」

「でっしょ。ばっちきたって感じする」

ばっちって何、ねえ。

ばっちりってことか？

イエーイ、と二人はハイタッチしている。

おじさんのおれだけテンションについていけてない。

「レイジ、マジありがとねー」

「うん。怒られないことを祈ってるよ」

「大丈夫、大丈夫」

ご機嫌のリリカは手を振って帰っていった。

……買い物をしに来たんじゃなかったっけ。

「レイジさん、あーしが推すから。ガチで。商品にしよ」

「需要があるみたいだから、やってみるか」

こうして、おれは【サンフレンズ】を商品にすることにした。


危惧したのは一点だけ。

【サンフレンズ】使用者がギャル化しないかってところだった。

けど、これは杞憂に終わり、ただ日焼けをしただけって人のほうが大半だった。

どうやら、肌の色にコンプレックスが相当ある人じゃないとギャル化はしないようだ。

けど、よかった。

うちの娘、息子がグレた！　なんてクレームを寄せられることがなくて。

色が薄くなりはじめてはいるけど、ミナのギャル状態はいまだに続いている。

「ノエラさん」

「る」

ミナに呼ばれると、ノエラはてててて、と逃げてしまう。

いまだに慣れないらしい。

そんな反応にミナのほうが慣れてしまい、ここ数日はもう何も言わなくなっていた。

「レイジさん、あーし、やっぱ元に戻ったほうがいい？」

シリアスな雰囲気でミナはおれに尋ねてくる。

「どう思う？」

「んー。ノエラさんにあれを続けられるのは、悲しい……」

まあ、そうだよな。

今までめちゃくちゃ仲良しだったし。

「でも、色白ってヤなんだよね。病気のイメージがずっとつきまとうから」

それは個人の印象だもんな。

色白のミナに対して、清楚で綺麗みたいなことをもしおれが思っていたとしても、ミナが自分のことをどう思うかは自分次第。
だから今こうなっているわけだ。
病弱イメージ、か……。
それが払拭されればミナもコンプレックスを抱えることはないんだよな。

14　見た目が変わっても

声でわかったのか、ミナは廊下を小走りで店のほうへ向かった。

来店は前回以来。

帰ったあとどうなったのか訊きたい。

おれも店に顔を出すと、ギャル二人が談笑をしていた。

「わかる、それな」

「いやまじウケんだけど」

ミナは素の状態だとふんわり可愛い系……とでも言おうか。顔立ちが整っている。

リリカは、その美貌で有名なエルフの女の子。

そんな二人がギャル化しても、魅力を損なうことは決してなく、可愛い系と綺麗系のギャルにしか見えない。

……これはこれでアリな気もするけど、どっちかならおれは元の白ミナのほうが好きだ。

「あ、レイジー。おっすー」

「おっすー」

「あ、リリカさん」

「おっすー」

よくわからんけど、同じ言葉を返しておく。

「あの薬の売れ行きどうー？」

「お陰様で、いい売れ行きだよ」

「やっぱ、みんな黒くなりたいんじゃん」

リリカがうんうんと自分の言葉に納得するようにうなずく。

「リリカさんが言ったみたいに、黒くなりたいって人もそれなりにいたんだよ。けど、一番は――」

ミナが言おうとすると、別のお客さんが入ってきた。

丸みを帯びた四〇代くらいの主婦だ。

「あの薬、あるんでしょう？　私もほしいのよ、アレ」

「【サンフレンズ】のことですか？」

おれが訊くと、主婦はうなずいた。

「そうそう、それだったかしら。周りのみんな、黒くなっちゃって。私だけなのよ！　もっさりしているのは」

ミナが言おうとしたのはこのことだ。

「知らない間にみんなちょっとだけ黒くなって、体つきがシャープに見えるのよぅ」

本当は、筋肉をはっきりくっきり見せるためだったけど、今ではこの人が言ったような用途で使う人が多い。

全体的に黒いと、細く見えるようだ。

それをおれは他のお客さんから聞いて、改めてミナを見てみると、以前よりたしかに細く見えた。

思ってもみない使い方に驚いたけど、売れてくれる分にはありがたいので、使用方法を限定するようなことはしてない。

「リリカさん、今日は何の用ー？　暇つぶしー？」

「なわけねえし」

と、軽くツッコむリリカ。

「レイジに、頼みごとがあって」

「おれに？」

何だろう。

「あたし、今最強に可愛いと思うの」

まあ、否定はしないでおこう。

「んで、何？」

「もっと可愛くなる薬、作ってよー」

「あー、それ、あーしもほしー！」

ギャルが目を輝かせながらおれを食い入るように見つめてくる。

高校生のとき、ギャル苦手だったっけなぁ……。何で今こんなこと思い出すんだろう。

ミナもリリカも、よく知っている相手だから今は何とも思わないのかもしれない。

「可愛くなる薬なんて作れるわけないだろ。美的感性は人それぞれだし、誰にとっての可愛いかによるだろ?」

諭すようにおれはギャルに言う。

うん、たしかにー、なんて返事があると思ったら違った。

「誰にとっての可愛いかなんて決まってるじゃん。あたしにとってだよ」

「ほんとそれ」

リリカにミナが続いた。

「レイジさん、あーしら誰かのためとかじゃなくて、自分のために可愛くなりたいんだよね」

自分のために、か。

二人とも日焼けをしたことで伸びしろを見つけたらしい。

女子高生とかも言うよな。可愛い恰好をするのは、誰かに見せたりするためじゃなくて自分のためだって。

ミナはいつも自分を後回しにして、おれやノエラや他のバイトたちのサポートをしてくれていたし、これくらいの我がままが許されてもいいだろう。

リリカは……正直よくわからん。

可愛くなれるのが楽しいのかもしれない。

ピールも言ってたな。

『筋トレって、すごい自信つくんですよ。目に見えて体が変わっていくから頑張ろうって思えるんです』

可愛いと筋肉は紙一重。

覚えておこう。

可愛くなれる薬で、ひとつだけ思いついたものがある。

以前に一度作った物だ。

「二人の『可愛い』におれのセンスが合うかどうかはわからないぞ？　作っても微妙かもしれないし。それでもいい？」

「『もちろん』」

二人の声が重なった。

「知らないぞ？　変なの作っても」

おれが予防線を張ると、二人は顔を見合わせた。

「レイジさんなら」

「変なことはしないでしょ」

そんなに信頼されると、ちょっとプレッシャーだな。

言った手前逃げるわけにもいかず、おれは創薬室に入った。

「あるじ、薬？」

ノエラがひょこっと顔を出した。

「うん。一度前作ったやつだけどな」

「何の薬？」

「それは出来てのお楽しみってことで」

そうおれは濁して、ノエラに作業を手伝ってもらった。

「ノエラ。ミナ、元に戻ってほしい」

「悪ミナだなんて言っていたけど、別に変なことはしないだろ？　ご飯作ってくれるし、いつも通り美味いし」

「るう……」

理解を示してくれるノエラだったけど、元が好きだっただけに今のミナは受け入れがたいらしい。

コンプレックスの話をして、ノエラはわかってくれるんだろうか。

「ミナは病気で死んでしまって、ずっと外で遊ぶことができなかったんだ。だから日焼けもしないし肌は白いままで……そういう辛い記憶があるから、色白は嫌だって思っているんだよ」

ノエラで言えば……ってたとえようと思ったけど、いいたとえがわからない。

ノエラは無言で作業を続けている。

手伝ってくれたおかげで、開発は思ったより早く済んだ。

【ツヤピカネイル：爪に塗る。手元を綺麗に見せる効果がある。速乾効果もある】

以前ステラのために作った【ツヤピカネイル】。

その色違いバージョンだ。

ピンクに白に水色に黄色にオレジン……。

数種類作ったので、どれかひとつくらい気に入ってくれるはずだ。

「るっ！　色、きれい！」

ノエラがいい反応を示した。

わっさわっさ、とゆっくりと尻尾を振っている。

「これを爪に塗るんだ」

「爪……？」

「そう」

効果のほどは、一度ステラで試しているから、ここで試し塗りする必要はないだろう。使い方を説明すると、おれはノエラに【ツヤピカネイル】を渡した。

「ノエラ。これをミナとリリカに届けてくれる？」

「…………」

ちょっと考えるような間ができたあと、ゆっくりとノエラはうなずいた。

「わかた。ノエラ、届ける」

小さなハケもノエラに持たせ、店のほうへ運んでもらった。

商品化するんなら、ハケは雑貨屋さんに発注しておかないとな。

「ノエラさん、これ何ー？」

「めっちゃ綺麗じゃん」

「これ……塗る。爪」

ノエラもノエラで、ギャル化したミナに慣れようと頑張っていた。

こっそり店内を覗くと、ノエラが二人に使い方を説明している。

「爪、塗る。ぴかぴか。綺麗」

「レイジさんが作ってくれたものを、試さないわけないし」

「だね」

ミナとリリカが言うと、ハケを持って気に入った色の【ツヤピカネイル】をつけて爪に塗っていく。

ミナは水色。リリカは白だった。

「すごい……手が、めちゃくちゃ綺麗……」

水色の爪を見て、ミナが感激の声を上げた。

「宝石みたいじゃん。やば！」

リリカも白色の爪を見て感動している。

ずーっと、二人はそうして自分の爪を色んな角度から見ている。

「ノエラさんも、塗ったげようか？」

「………の、ノエラ、いい」

首を振ったノエラがこちらへ戻ってくる。

やばい。覗き見していたことがバレる……！

おれは慌てて創薬室のほうへ戻り、ノエラの帰りを待つ。

すると、すぐにノエラが入ってきた。

「二人の反応はどうだった？」

「ばっちり」

ノエラが一仕事終えたような顔をしている。

「あるじの薬、すごい」

「今回は薬って感じのものじゃないけどな」

おれは苦笑しながら、頑張っていたノエラを撫でまわした。

「るううう？」

ノエラは不思議そうな顔をしていた。

すぐにミナとリリカが創薬室へやってくる。

「レイジさん、ありがとう！　手、めっちゃ綺麗になった！」

「さすがレイジ。頼んでよかった！」

ミナもリリカもいい笑顔だった。

たしかに、二人によく似合っている。

「喜んでもらえてよかったよ」

男が強くなりたいって思うのと同じで、女の人は綺麗になりたいって思うのかもしれない。

ギャルとかそうじゃないとか、これに関しては関係ないと思う。

女の子のノエラもそうなんだろうか。

さっきは断っていたけど。

きゃっきゃと嬉しそうにする二人が創薬室をあとにすると、おれはノエラに訊いてみた。

「ノエラは塗らないでいいの？」

「るう。ノエラ、人狼。爪、大事」

「チャラついたことはしたくない、と」

「その通り」

うむ、とノエラはうなずいた。

でも、さっき覗いた限りでは、ノエラも興味津々って感じだったんだけどな。

それに気づいたミナも、塗ってあげようかって提案したみたいだし。

「人狼がどうこう言うけど、普段爪なんて立ててないだろ、ノエラ」

「もしものときは、立てる」

この暮らしをしている限り、そのもしもってやつは永遠にこなさそうだな、とおれは思った。

【ツヤピカネイル】の各種類は、ミナの激推し商品ってことになり、美を追及する婦女子にかなり人気の商品となった。

マストアイテム化しはじめると、男性から女性へ送る無難なプレゼントと認知されるようになり、男性でもプレゼント用に買う人が出はじめるほどだった。

【ツヤピカネイル】の効果は別のところにも波及していった。

爪を綺麗にする、ということにみんなが集中をしはじめると、顔つきや体がシャープに見えるから、という理由で【サンフレンズ】を買っていた人たちは、【ツヤピカネイル】のほうに関心が移ったようだった。

ピールは、定期的に買いにきてくれているけど。

「先生のおかげで、今僕は、団内で一目置かれる存在になっているんです」

「日焼けしただけで……？」

「はい」

よわよわだったピールはもうおらず、そこには自信に溢れた黒いマッチョがいた。

【サンフレンズ】を用意したミナが、ピールに渡す。

「いつもありがとねー」

「いえ。こちらこそ、大変助かっています」

ぺこり、と頭を下げて代金を支払いピールは帰っていった。

まだミナのギャル化は解けない。

あれから【サンフレンズ】を使った様子はないし、素肌も代謝が進み元の肌を取り戻しつつあった。

こっちの言い方に慣れてしまったから戻せない、とか……？

あり得る。

何だかんだでもう一か月くらいミナは態度も口調もギャルのままだ。

ギャルになったミナの評判は悪くない。

人によっては、以前は敬語でかしこまった印象があったから親しみにくかったらしいけど、今のほうが口調も態度も砕けているから気軽に話しやすい、なんて話を聞く。

おれもおれで、そんなミナに慣れてしまい、元のほうがいいなーって思うことは少なくなっていった。

ギャルになっても、何ら弊害がないことが、一番の理由だと思う。

「ノエラはまだ元のミナのほうがいい？」

店で二人きりになると、おれは訊いてみた。

「るう……わからない……」

たぶん、ノエラもおれと同じなんだろう。

ギャルになった当初より、ミナとノエラのギクシャク感は解消されつつある。

【ツヤピカネイル】を開けたノエラが、においを嗅いでみたり、瓶を色んな角度から見つめていた。

やっぱ興味あるんだな。

これはミナが愛用している【ツヤピカネイル】で、店番中の暇なときは、よくカウンターで塗ってふーふーと息を吹きかけているのを見かける。

「ノエラもやってみたいの？」

「人狼、爪、蔑《ないがし》ろにしない」

【ツヤピカネイル】を塗るのは蔑ろにするってことになるのか？

……前、おれに塗らないって公言した手前、おれがいるとやりにくいのかもしれない。

おれは店番をノエラに任せて一人にすることにした。

覗いてみると、きょろきょろ、と周囲を見回して、ささささ、と外からもこちら側からも死角になる棚の奥へノエラは移動をした。

なんか、万引きしているみたいに見えるな。

カウンターの上に置いていた【ツヤピカネイル】がなくなっている。

誰にも見えないところでこっそり塗るつもりらしい。

「る……うう……るうう……？」

困ったような戸惑っているようなノエラの呻き声が聞こえる。

たぶん苦戦しているんだろうな。

運動神経がよかったり、何でもできたりするけど、指先が器用なイメージはない。

「る……！　るるる♪　よし」

お。自力でどうにか塗り終えたっぽい。

ご機嫌なノエラがカウンターに戻ってくる。

その爪には、たしかに【ツヤピカネイル】が施されていたけど、まあ、雑に塗ったみたいで、指のほうにはみ出たりしている。

……ノエラは、あれで満足なのか。

ふりん、ふりん、とノエラは尻尾を振っている。

本人があれでいいって思っているんなら、外野のおれは何も言うまい。

爪を見ているノエラだったけど、徐々に首をかしげはじめた。

「爪……違う……？」

あ、気づいた。

ミナやリリカみたいに上手くいってないって、ようやくわかったみたいだ。

「る！　塗り直し」

移動するのが面倒になったのか、カウンターの席でノエラは【ツヤピカネイル】を塗り直しはじめた。

「るう……？　違う……」

苦戦してるなー。

「レイジさん、何してんのー？」

「ミナ」

「お昼ご飯できるんだけど？　ノエラさんも呼んだげて」

「ミナ、ちょっといい？」

キッチンのほうへ戻ろうとするミナを呼び止めて、おれは手招きをする。

「るっ……!?　また間違えた！」

【ツヤピカネイル】塗りに苦戦するノエラを少しだけ見せてあげた。

「なんか、ミナの【ツヤピカネイル】使って頑張ってるんだけど上手くいかないみたいで」

「でも、ノエラさん、あーしには塗ってほしくないって……」

そうか。

ミナはそんなふうに捉えたのか。

「ノエラの建前では、人狼だから爪を大事にするってことみたい。けど、ちゃんと興味はあるんだ。ただそれだけだよ。おれが塗ってみる？　って訊いても塗ろうとしなかったんだ」

「そうなんだ」

ミナがほっとしたような表情を浮かべた。

「塗ってあげて。ノエラをあのままにしておくと、【ツヤピカネイル】の在庫全部使って塗り直し続けそうだし」

「……そんじゃあ、うん……」

顔を強張らせながらもミナはうなずき、店へ入っていった。

すっとノエラは【ツヤピカネイル】を隠す。

ミナにも塗らないって言った手前、バレるのが恥ずかしいんだろう。

「ノエラさん、塗ってあげようか？【ツヤピカネイル】」

「の、ノエラ、人狼……人狼、爪、大事にする」

「【ツヤピカネイル】を塗ったほうが、爪は割れにくくなるんだよ」

そんな効果、あったっけ。

実際おれは塗ったことがない。もしかすると、塗る理由が他にほしいノエラを気遣ったミナの嘘なのかもしれない。

「……それなら、塗る」

「うん」

手を出したノエラの爪をミナが見てくすくすと笑う。

「ノエラさん、あれこれ塗りすぎ」

「塗る……難しい」

ここからは見えないけど、爪がパレット状態でめちゃめちゃだったんだろう。

ミナは爪の【ツヤピカネイル】をふき取り、自分がよく使う水色の【ツヤピカネイル】をゆっくりと丁寧に塗っていく。

「……ミナ」

「何ですか、ノエラさん」

あ、口調がちょっと戻った。

「ノエラ、謝る……。ギャルのミナも、ミナ。ミナはミナ」

「いいんですよ、そんなの」

と、ミナは優しく言う。

「わたしも、ノエラさんにあんなふうにされるとは思ってなくて。とても悲しかったんです」

「るう……」

申し訳なさそうにノエラがうつむく。

「この姿でいるのも、それはそれで楽しんですけど、ノエラさんとギクシャクするくらいなら、元の姿に戻りたいなって、思ってたんです」

「元、戻らなくても、大丈夫。ノエラ、慣れる」

ぶんぶん、とノエラは首を振った。

「ノエラ、我がまま言った。ミナ、日焼けしたままで、いい」

「もういいんですよ。十分満喫しましたから」

いつも以上にミナの声が優しく聞こえる。

「るう」

「はい。できました～。綺麗ですよ、ノエラさん」

「るー！　綺麗！　ミナ、すごい！」

えへへ、とミナは照れくさそうに笑った。

「あるじ、見せる」

椅子から降りたノエラは、こちらのほうへやってくる。

扉を開けた先におれがいたのを、一瞬怪訝に思ったようだったけど、気にせず手を見せてくれた。

「あるじ！　これ、見る！　ミナ、やってもらった！」

「よかったな、ノエラ。綺麗にやってもらって」

「るっ♪」

嬉しそうなノエラの頭をわしわしと撫でた。

店のほうにいるミナは、ノエラの様子を安心した顔で見守っていた。

ノエラの爪自慢はしばらく続いた。

【ツヤピカネイル】を塗ってもらったことをきっかけに、ギクシャク感はますます薄れていき、ノエラとミナも元の様子に戻っていった。

そうする間にも、ミナの日焼けがどんどん薄れていき、元のミナに戻った。

「レイジさんは、どっちがよかったですか？　元のわたしと、ギャルなわたし」

朝食を済ませると、ミナが尋ねてくる。

「どっちかじゃないとダメ？」

ふふふ、とミナは微笑んだ。

「意外とレイジさんにも好評だったんですね。ギャルのわたしは」

「うん。最初は抵抗感あったけど、もう慣れたから」

「じゃあ、たまーにギャルになりましょうか。わたしも楽しかったので」

「たまにならいいんじゃない？」

またノエラが避けないといいけど。

バン、と扉が開いて、ノエラが顔を出す。

「あるじ、急ぐ！　ポーション、在庫少ない！　早く作る！」

朝一のポーションがまだだから、ついでに在庫も作らせようって魂胆らしい。

「大変ですね、レイジさん」

「いつものことだから」

おれは笑って席を立つ。

急かすノエラと一緒に創薬室へ入った。


〈了〉

あとがき

こんにちは、ケンノジです。

個人的なことですが、本作もシリーズ7巻に入りケンノジ作品の中では最多タイの長さとなっております。

ここまで書くことができたのは、ひとえに読者の皆さまのおかげです。ありがとうございます。

本巻では剣聖がついに？　登場します。

そういえば、なろうのテンプレっぽい肩書きのキャラってあんまり出したことないな、と思って登場させたのですが、結構いいキャラになったんじゃないかなと思っています。

なろうによく出てくるタイプの肩書きのキャラって、お客さんだと出しにくいんですよね。

というのも、戦う系の肩書きがほとんどなので（召喚士、剣聖、賢者、冒険者など）その方の困り事となると、戦う方面の悩みにいってしまうので危険な薬は作らないことを信条にしているレイジとは絡ませにくかったりするからです。

けど、今回登場した剣聖ガロンのように、肩書きがあるとキャラ立ちさせやすいんですよね。

これに味を占めてもうちょっとくらいなら出してもいいかな、と思ったりもしています。

さて。話は変わってアニメの放送が終了しました。

水曜日が最速で最新話が見られるのですが、うちでは地上波では映らなかったのでdアニメで視聴をしておりました。

ノエラ、ミナ、アナベルさん、ポーラ、ビビ、みんな可愛かったです。

動く、声がつく、表情が変わる、これだけで魅力が何倍にも増加したんじゃないかと思います。

毎話放送する度に、エゴサが止まりませんでした。アニメの評判がすごく良かったのもあって、ちょっとした中毒レベルだったんじゃないかってくらいエゴサしてました。

その放送も終わってしまったので、しばらく水曜日の楽しみは水曜日のダウンタウンだけになりそうです。1クール、あっという間でしたね。

アニメ制作に携わってくださった関係者の皆さま、演じてくださったキャストの皆さま、明るく楽しく可愛いアニメになったと思います。本当にありがとうございました。

死ぬときは走馬灯でチート薬師のアニメ見ているシーンが頭によぎると思います。

原作側では、担当者様、営業様、イラストを毎回担当してくださっている松うに様、その他制作に携わってくださった皆さま、各書店様書店員様、いつもありがとうございます。

毎回言っていますが、今後もレイジたちのゆるい日常のお話は続いていきますのでご安心ください。

次もまた今まで通りのお話になると思いますので、また読んでいただけると嬉しいです。

ケンノジ

黒エルフに飼われた俺の
ダンジョン生活
～三食風呂と地獄つき～
原作：サイトウケンジ(FIREWORKS)
漫画：レルシー
構成：そよき
雷帝と呼ばれた最強冒険者、
魔術学院に入学して
一切の遠慮なく無双する
原作：五月蒼　漫画：こばしがわ
キャラクター原案：マニャ子
神域の魔法使い
～神に愛された落第生は魔法学院へ通う～
原作：ケンノジ　漫画：:/XUEFEI
キャラクター原案：乃希

コミックノヴァ
新創刊
モブ高生の俺でも
冒険者になれば
リア充になれますか？
原作：百均　漫画：ジャギ
キャラクター原案：hai
魔物を狩るなと言われた
最強ハンター、
料理ギルドに転職する
原作：延野正行　漫画：奥村浅葱
キャラクター原案：だぶ竜
COMIC
NOVA
ノヴァ
話題の作品
続々連載開始!!
https://www.123hon.com/nova/

BRAVENOVEL
ブレイブ文庫

チート薬師のスローライフ 7
～異世界に作ろうドラッグストア～

2021年10月25日　初版第一刷発行
著　者　　ケンノジ
発行人　　長谷川　洋
発行・発売　株式会社一二三書房
東京都千代田区一ツ橋2-4-3
光文恒産ビル8F
03-3265-1881
印刷所　　中央精版印刷株式会社

■作品の感想、ファンレターをお待ちしております。
■本書の不良・交換については、メールにてご連絡ください。
株式会社一二三書房　カスタマー担当
メールアドレス：support@hifumi.co.jp
■古書店で本書を購入されている場合はお取り替えできません。

■価格はカバーに表示されています。

ISBN 978-4-89199-760-1 C0193